وردة وكابتشينو

أحمد الواصل

وردة وكابتشينو
حرائق الوسيم.. جمرات الأيام المذعورة

روايــــة

دار الفارابي

الكتاب: وردة وكابتشينو
المؤلف: أحمد الواصل
الغلاف: أيمن زيداني

الناشر: دار الفارابي - بيروت - لبنان
ت: 301461(01) - فاكس: 307775(01)
ص.ب: 3181/11 - الرمز البريدي: 2130 1107
e-mail: info@dar-alfarabi.com
www.dar-alfarabi.com

الطبعة الأولى 2011
ISBN: 978-9953-71-643-5

تباع النسخة الكترونياً على موقع:
www.arabicebook.com

إلى

محمد القحطاني

لوجودك في هذا العالم

وردة وكابتشينو

8

شرارة

"أنحني لصخَب المياه الخفيَّة

وأرفض عبوديَّة الدمْع

وعبوديَّة النار

..

لا شيءَ غير الجَمْر

كل أحبَّائي فيه!"

سنيّة صالح (1935-1965)(*)

_____

(*) من قصيدة: فصل الحب، مجموعة"الزمان الضيق" 1964.

وردة وكابتشينو

أوَّل الباب:

جَمْرة الفَيْض

وردة وكابتشينو

12

أبو الحُسَين النوري:
"يُحْرَقُ بالنَّارِ مَنْ يُحِسُّ بِهَا، فمَنْ هوَ النارُ،
كَيْفَ يَحْتَرِقُ.. ؟.."

وردة وكابتشينو

14

قدح أزلي

ماجد :

.. هامْلت ليْسَ أنا،

.. ولا غِرْترود كانت أمي..

.. وإنما هناك ما يشْبهُنا في الحكاية أو رُبَّما لا تكونُ
كذلك .

.. إن لحْمَ الحِكَايات لا يَمُوتُ..، فهو مَوْعُودٌ بخَرَّاز
آخر يَقْتَرِحُ للحكاية سَرْداً في زمان ومكان آخرين .

.. ومَنْ يرويها سيحتاج إلى أشخاص وعقدة ليحبسها في
مكان أو تحبسه هو في ذات الكتاب لزمن سيحرِّر الأشخاص
والعقدة سواء هاملت أو عبد الرحمن، غرترود أو أمي،
هوراثيو أو أنا، أو مأساة تخلق زمنها ولا نصدِّق ظنوننا
بوقوعها وقت ما نتوهَّم من شفة إلى كتاب، ومنه إلى شفة
مرة أخرى.

.. "هاملت النجدي: قراءة في ظواهر نفسية" هذا هو
الكتاب الذي أهْدَتْني إيَّاه لَمْياء هو باكورة مؤلَّفاتها في

15

تخصُّصها بعد عودتها من لندن وإبراهيم، تحلِّل فيه أشخاص ترمز لأسمائهم بحروف مختصرة. كأن تقول: ".. هذه حكاية السيدة(د. ع)في منتصف العمر متزوجة وربّة منزل منذ أحد عشر عاماً تخبرني بأنها تعاني من حلم يراودها كل يوم عن جرم سماوي يسبق مجيء القمر بعد غروب الشمس مقترباً من نافذة غرفتها، وكلما دنا تتَّضح صورة امرأة شابة وجميلة شعرها طويل ومنسدل على كتفيها تلبس فستاناً أحمر مشعاً، لكنها مائلة العنق حزينة وشاردة تحمل غصناً مقطوعة وردته تحاول أن تحسن إعادة الوردة إلى رأس الغصن وتفشل..، وأنها تنهض فزعة بجبين متعرِّق، فتجد زوجها نائماً لا بجانبها على السرير بل على الكنبة..، فكما ترون أعزائي القرَّاء والقارئات هو أن هذا الحلم يحتوي على ثلاثة أمور مهمة لتعلل الحالة التي بين أيدينا هي: الجرم الذي يأتي غير القمر والشمس، والشابة الجميلة التي تبدو عمياء، والفستان ذو اللون الأحمر. تعطينا وضعاً غير متزن لحياتها بين غروب الشمس ومجيء القمر، والمرأة هي صورتها لا ترى سبب عزوف زوجها عن النوم بجانبها، والوردة المقطوعة ولون الفستان..".

.. أقلِّب الصفحات الأخرى فأجد عنوان: "الاستعداد العاطفي"، يلفتني فأقرأ: ".. أعزائي وعزيزاتي.. اخترت لكم هذه الحكاية لأبدأ فيها هذا الفصل ما قبل الأخير، فهي

حكاية الشاب (ع. م)، يعمل في مجال التعليم يحب مهنته وهو مخلص لها، يعتني بصحته يمارس بعض الهوايات منها رياضة الجري والتمارين الأخرى، لكن هذه الهواية تحوَّلت إلى تنفيس تجاوز حدوده المعقولة، فاتجه-كما يقول لي-إلى تمارين أعنف وأشد على العضلات بالجهد والضغط. كأن يرفع أثقالاً حديديَّة أوزانها بأحجام صخرية، وصار يعتمد على منشِّطات ومقويات من المغذيات المعدنية المصنعة.. لاحظت عليه حالة فراغ عاطفي لم يكن يسدها خبر الأصحاب والرحلات معهم..

.. طلبت منه أن يرسم لي أي شيء يخطر بباله الآن..، فأمسك بالورقة والقلم بثقة وعلى مهل، فاندهشت منها لحظة أن طالعته فإذا هي بورتريه لوجه طفل وقَّعها في أسفل الورقة باسم: Paul.. ".

.. اضطررت لأن أقفل الكتاب دون أن أضيع صفحته، لأني سأمضي إلى استقبال بعض زبائن جدُد يدخلون المقهى لأول مرة، فأنا الآن أدير المَقْهى الذي افتتحته أمام جامعتي، لأنني اتفقت مع إدارة الجامعة في القسم الذي درست فيه أن أوفِّر الفترة التدريبية للطلبة كوني أعرف أن الأخطاء التي يحترز عنها باتباع صارم للنظام وللعادة، يمكن أن تكون نواة لطريقة تحضير قهوة تلائم الذوق المحلي وتتيح اقتراحاً جديداً مثلما حدث معي في المَقْهى الذي تدربت فيه حين منعني من

اكتشاف تحضير جديد للقهوة، فماذا يعني أن تبقى الكابتشينو على اسمها ونحن لا نعرف أن نحضِّرَها كالإيطاليين؟.

. . كان بعض المتدربين يتحرَّج أو يرتبك من فكرة أن يعد قهوة للآخرين بشكل محترف لكونه لم يعتد أن يفعل ذلك في البيت، ولم يكن تسيطر عليه عقدة العامل التي يهرب منها بعض البرجوازيين، وبعضهم الآخر يتغصَّب فترة التدريب في الصيف فقد كانوا يمتعضون ويشعرون بلا أدنى رغبة في التجربة والتطبيق إنما كانت تشغلهم ورقة التقييم ألا تنزل عن الدرجات التي من الممكن أن تؤذي المعدل التراكمي، فكان بعضهم يقف أمام المدخل حاملاً القائمة دون مبالاة بمن يدخل أو في الخارج ليكون له مجال من السوالف التي تلهيه ربما لم تعنه التلويحة البسيطة لمن يمر في الشارع كوسيلة جذب وتنبيه لوجود مَقْهى، على أن لوحته تتخذ صدر العمارة كلها إلا أن المارَّ بالتوازي لن يلحظها ما لم يتوقف أو يكون قادماً من الشارع الذي ينتهي نحوه بحرف T، فيتملَّى واجهة العمارة كلها ويعرف بوجود المَقْهى.

. . كنت أرتِّب كل يوم ثلاثاء من كل أسبوع اجتماعاً نجلس فيه معاً، ونتحدَّث عن انطباعنا في نوعية المشروب وبعض ما نريد أن نعطيه من انطباع باختصاص في تحضير القهوة بالنكهة الخاصة والكوب المميز، واكتشفت أنني لا بد من كسر فكرة المدير وصورته، فنزلت معهم واضعاً علَّاقات

"المَرْيلة" على عنقي وشددْتُ رباطَها حول خاصرتي لأساعد في تحضير القهوة وتقديمها للزبائن، فوجدت التوتر الذي كنت أراه في عيونهم يخفُّ، ولحظت توددهم بشكل واضح نحو الزبائن، والانطباع الذي تعزَّز عندما عدت بعد صلاة المغرب بالتناغم الذي كان بيننا، حين وجدْتُ باقة ورد كبيرة على شكل هرم بألوان صفراء وتركوازية على المنضدة أدهشتني معها بطاقة صغيرة:

"أتمنى لك مزيداً من التقدم..

أشعر أنني سأعود مرة ثانية إلى المقهى

سأخبر أصحابي عنه ليزوروه معي.. "

.. فرحْتُ كثيراً، لكنني ظلَلْتُ أهْجِسُ بمَنْ يكون أو تكون..، فالذي أوصلها أحد عُمَّال محل الورود، ولم يذكر سوى أن هذه البطاقة هي المرفقة معه دون اسم.

.. عندما عدت في المساء إلى البيت اتصلت بعبد الرحمن لأخبره عن ذلك الموقف، ضحِكْنا معاً حين مازَحني بأنها ربما تكون من مُعْجب راقَ له مَنْ قدَّم القهوة لا هي.

.. لم تكن همومنا بعيدة عن بعضنا، فقد حدَّثني عن اجتماع الكليّة التي أصبح مديرها، والأشياء التي تغلي حول طاولة الاجتماع، حين يتملَّقُه بعْضٌ من المحاضرين الجدُد..، ويلوذ بعْضٌ آخر بالصمت والحنق، وهؤلاء هم زملاؤه الذين يتطلَّعُون منذ أعوام، بنوايا لا تشبه التي لديه،

إلى الكرسي لكي يفرغ منه لهم في المستقبل القريب..، لكن لا نصيبَ لأحد يسعى منهم، فالموضوع تتدخَّل به أمور كثيرة ربما أولها ألا تكون تسعى إليه، فهذا الكرسي يدور لا يثبت، يحمل وينزل.

.. ليس الكرسي وحده، بل التابوت أيضاً لا يملكه أحد. إن مَنْ يجلس على الأول، ويرقد في الثاني لا يملكان لحْظتَها إمرة أحدهما.

.. لا تهمُّه هذه النوايا المكشوفة، بعد عامين سيتركه لسواه لأن مدة الإدارة تنتهي دورياً، وهذه حكاية لأناسٍ غير حكاية هامْلِت، ربما هي حكاية الجُنديَيْن اللذين تعرَّيا معه ونزلا في الحوض ليقتلاه في الحمَّام، لكنه لا يسْمَح بدخول جنود إلى حمَّامه. كما أن حمَّامه ليس به إلا كرْسي مثقوبٌ ربما لا يغري أحداً سواي عندما كنت أختاره أيام نقاهتي بعد حادث السيَّارة لأحلام تدور عن حارس المرمى الذي باغت خيالاتي، ولآكل عليه تلك الحلوى السكّرية التي أجمع أشكالاً وألواناً منها كالحيوانات والألعاب لأسأله في الظِّلِّ عنها كألغاز وهو على طاولة الكمبيوتر.

.. الكرسي والتابوت مطمع الكثيرين والكثيرات. إنما لا يهمه ذلك فماذا يعني أن يكون الكرسي مِلْك مَنْ لا يجلس عليه كالحلاَّق، أو التابوت مِلْك مَنْ لا يرقد فيه كحَفَّار القبور؟.

.. لا يهُمُّ مَنْ يجلس أو يرقد بل مَنْ يَعْرِفُ الحكاية.

.. أعرف أن هامْلِت ليس أنا،

.. ولا غِرْترود كانت أمي..

.. إن الذي كتب هذه الرواية ليس شكسبير نفسه الذي ظل مثار شك لأنه من برج الحمل، الذي يفاجئك بما لا تتوقَّع عندما يكون مبدعاً سواء كان كاتب حكايات مثل غسان كنفاني أو تينسي وليامز أو ممثلها مثل مارلون براندو أو عمر الشريف، وربما لم يطمح أن يكون ذلك بل إنه ينفخ رمادَ حكاية..

.. لعلها ذكرى اللهب في حياتنا لا نراها..، فعُيونها الجمَرات ومقامُها الورد.

.. قيل إن الجمرة جسد، والغبار ناس وأيامهم.

.. والأيادي رغبات وأمنيات في النار والماء.

.. ربما حدث أمر لتلك البئر، أ هي بئر الحكايات أم بئر الحياة، حياتنا: أنا وعبد الرحمن، ربما حياة آخرين. لطالما عطلت آبارهم تلك القصور من الفتاوى والجماجم أو التاريخ الأعور في ذاكرة يبست منذ أنقصت زواياها الأربعة فاختلّت الحكاية. يوم كتمت بعض أصواتها.

.. يبقى الصوت صدى طارقاً كل زمان. إنه رنين يبدأ بقطرة ثم بقعة ماء ثم بحيرة تسعى إلى المحيط مثلما تسعى إلى الحياة بعد رماد، فكل شيء ينطفئ إلا الجمرة، وما زالت بيدي. إن الجمرة هي أنا!

21

عبد الرحمن

-1-

.. لا يشبه تلك الراحة المنهوبة، حين أوقف بدْءَ تمْرينٍ جديد استصْعَبْته في الإيروبكس، إلا وقع اللحظة الصادمة التي باتت تدفعني لإنهاء علاقتي بنسرين. ثالث فتاة أتعرف إليها بعدهما، والمتأفِّفَة من عنافتي في أي تصرُّف أو كلام..

: "يا خي، إنت جَفْس، لا ما يصلح كذا مع البنات.."

: ..!

: "شِفْ لِكْ شباب زَيِّكْ.. لا ما أقدر.."

.. كانت الرسالة الأخيرة التي تركتها في جهاز الأنسرماشين، ولم تعاود بعدها الاتصال.. لا أعرف، ما مشكلتي مع البنات؟. قيل لي إنهن يعجبن بصاحب الجسم الرياضي وتتهاوى مقاومته منهن ما إذا فردت عضلات ذراعي أو فخذي على كلام ناصر في النادي، وأعتقد أن هذا سبب رنين جوّاله الدائم حيث يتقطَّع عن تمرينه وينبِّهُه المدرب فتحي:

"عايز الموبايل يخْرَسْ تماماً واحنا بنتمرَّن.."

.. وإذا وقف بجانبي همس غيظاً من المدرب يدبِّر الفرار من التمرين:

"تصدِّق عندي date لازم أروح"..

.. وأقول: "رح، يا رجَّال.."كأنما أشعر أنه يريد من يجعله جازماً على الذهاب، فيعرض: "تجي..؟، أبخلِّيها تجيب خويِّتْها.." أتجاهله مشيحاً بوجهي أثناء تمرين الضغط: "ما طلبت منك شي روح بالسلامة!"، فيرد علي بين عنترية طائشة ومِنَّة لن تحصل بقدر ما هي من مباهاة: "مسوِّي لي فيها.. ترى مو كل مرة تلقى واحدة توافق من أول مرة..".

--

.. ربما بحكم اعتيادي على حمل الأثقال لم يشق على جسمي بعد الاستحمام البارد أن يجعلني مستعداً لأن أذهب اليوم إلى الاستراحة عند الشباب، لكن أمي دائماً ما تفتح موضوع السهر كأنني ما كبرت على زمن الملاحظات الصغيرة.

.. أهي مصيبة أن أكون الولد الذكر الوحيد وأيضاً، الصغير بعد أختيَّ: لمياء وحنان..؟.

.. لمياء أختي الكبرى، والتي أحب حين تتفهَّمُني دائماً وأستطيع أن أقول إنها أمي الروحية، بعد أن مرضت أمي بذلك المرض الغريب الذي أقعدها كرسيًّا متحرِّكاً طيلة سنوات، ولم تشف منه إلَّا بعد عملية التخلُّص من ترهُّل الدهون حول قلبها، التي دفعتها إليها أختي الوسطى حنان المفتونة بكل عالم التجميل والحمية والعناية بالبشرة. تتجوَّل كل أسبوع على محال منطقة العليا من "قزَّاز" إلى "بقشان" وإلى "محمود سعيد" مفاضلة ما بين "عبد الخالق سعيد" و"المصباح" اللذين افتتحا منذ التسعينات وتكره محل "ماجستيك" لأن البائع اللبناني يخبِّئ مستحضراته الجديدة للأميرات وبعض الزبونات الخاصات..

.. غرفتها مليئة بملصقات كليرانس وكادوس ولانكوم.. هنا في غرفتها تسريحة كاملة لمستحضرات الوجه.

وفي الزاوية آلتان للشعر واحدة للبخار وأخرى لتجفيفه وتصفيفه.. أذكر الملعونة عندما استدرجت لمياء إلى آلة البخار لتزيين شعرها حيث تعد لحضور حفل توزيع جوائز نهاية نشاط السنة الدراسية كضيفة شرف في مدارس دار السلام التي كانت إحدى طالباتها الأوليات.

.. ما إن وضعت حنان آلة البخار على حد زعمها أنها آلة التجفيف لتصلح تسريح شعرها ساح المكياج على بلوزتها البيضاء وجُنَّتْ كيف حدث ذلك بها وهي على قول حنان إنها

آلة تصفيف الشعر.. راحت تمطر حنان باستجواب غاضب:
"كيف كذا؟.. حرام البلوزة راحت وطي، وشعري كيف
أروح للحفل حنان يا هبلا عارفة هالمقلب..!"، ورأيتهما
تتلاحقان وجاءت مدبرة المقلب لتختبئ عندي، فلم أمنع
نفسي من الضحك على شكل الضحية ظاناً أنها ستروح إلى
سيرك لا حفلَ جوائز..

.. تصالحتا بكل بساطة أو: "خرِّيجَة علم نفس
وتفهم.." جملة عمتي نادية. على أن أمي ترى أنها تبالغ في
الدقة عند اهتمامها المفرط بشؤون البيت ومعاتبة أمي واقتراح
افتراضات ما يكون عليه صفُّ الأثاث وألوانه وأدوات المطبخ
إذ دائماً ما تتململ وكأن حنان تنطق ما تخفيه بعد جملة: "يا
اللا الغدا"، فترد: "بس من دون محاضرات لو سمحتي!".
تبتسم لمياء حانيةً فتسحبنا من ذراعينا..

.. بعد طلاقها الموجع جداً لها والمؤثر فينا. بعد
عذاب غريب في محبة زوج يريد تطليقها حين اكتشف مرضاً
يمنعه أن يكمل الحياة معها فما عاد يريدها أن تبقى معه!.

.. أ ترى كان يخاف عليها من لقب أرملة..؟.

.. عانت لمياء عذاباً صامتاً لإصراره على أن يطلقها
وجابهته للبقاء بجانبه مهما حدث، لكنه كان مصمماً على أن
يفعل أي شيء ليجعلها تبتعد. عارضاً عليها بيتاً باسمها أو

25

وديعة في البنك، وإذا لم تستجب له طلب منها أن تتزوج
قبل أن يموت ليطمئن عليها من عذاب فقده.

.. لم نكن نفهم ذلك أنا وحنان.. أمي كانت تظهر
عدم رضاها على هذا الزواج لأن فارق العمر بينهما يزعجها
وهذه جنايته بينما ترى لمياء أن هذا اختيارها متحملة
المسؤولية، لكن والدي لم يكن يعنيه التعليق بأمر محسوم غير
أن يقترح عليها ما يوحي أنه يتجاهل توترها العاطفي
وتأزمها:

"اخلصوا يا بنيتي ورَيْحينا.."

: "وش لون يا يبه؟"

: "زي ما الناس تسوِّي طلاق وانتهينا"

: "لو تفهم بس المسألة غير.."

: "لا غير ولا شي اخلصوا تطلقوا.."

: "واترك الرجَّال كذا..؟"

: "هو الباغي ما حد جابره..".

--

.. اليوم، كل الشباب حضروا في الاستراحة على أنه يوم الثلاثاء واسطة الأسبوع ربما مصادفة، فلو اتفقوا لما جاؤوا وسمعنا الأعذار، من تأخر ناسياً ومن تعذر بالنوم أو الانشغال مع أهله.

: "جانا يْتَخَنْطَل.. يمشي على الطل/بير معطَّل وقصرٍ مِشيد.. "

.. عادة ما يهزج إبراهيم بهذه الكلمات "اللعبونية"، كلما رآني، فهو يذكرها عن جده..

: "أهلين.. "

: "والله الجسم شدّ وقوي.. "

: "عاجبك أجل..؟"

: "قم افسخ خ نشوف الحبَّة.. "

.. يتضاحك الشباب على مزحة إبراهيم.

.. بعضهم يلعب كرة الطائرة بينما آخرون يتسمَّرون أمام الفضائيات لمشاهدة فيلم من أفلام السبعينات التي فلحت محطة الشيوخ-كما يقول متعب-أوربت في إعداد باقة لتجذب الناس لعصر ناهد شريف، وتسمع تعليقات الشباب..

27

: "يلعن أمْهَا قحبة.."

: "الديد تكْفيْن.."

: "يا شباب الرجَّال صحا بقوة".

.. إذا ما تهيأت لنزع قطعة من ملابسها أمام أي بطل أو جدار أو مرآة أو مفتاح..

.. متعب يمسك بسمَّاعة الجوَّال وينتحي في زاوية يتكلم طيلة ساعات جلوسنا عكس ناصر الذي معي في النادي حيث تقصر مكالمته لأن "مواعِداته" لا يقبلن بصوته فقط بل به كاملاً.

.. متعب وإبراهيم، زميلا دراستي في ثانوية الخليج كنا معاً في دَشْرتنا وهروبنا من الفصل أحياناً أو ترجِّينا لمدرِّس الرياضيات رضا أن ينجحنا في المادة أو سنصدم سيارته. كدنا نطبق ما شاهدناه في فيلم لجاكي شان، لكنه أنجحنا دون أن نحضر حصته التي كانت مفضلة لنأكل حمص أبو زكي في البوفيه خارج المدرسة مقابل مدرستنا في شارع مساعد العنقري.

.. طلعنا من الثانوية، إبراهيم دخل كليّة التقنة ما أقربه من تخصصي، ومتعب إلى العلوم الإدارية. أما أنا فاخترت الحاسب الآلي..

.. تخرَّجنا وظللنا بعضاً إذ أشعر أننا مثل ذرات محْوَر تدور وتدار بالزمن والمكان.. تعرَّفنا إلى زملاء كُثر في

الثانوية والجامعة، لكن لم يؤثر علينا، ولم يفصم عرى رفقتنا..

.. أشياء كثيرة مشتركة بيننا على اختلاف اختصاصات حياتنا في هذه الاستراحة التي يعرف إبراهيم أكثر روَّادها إذ هو الذي شكلهم كمجموعة وكان مكاني، أنا ومتعب محفوظين في المجيء إليها مثلما هو في ذهن إبراهيم أبينا الروحي الذي يقول: "أنتم هالثنتين.." قاصداً عينيه عندما كنا نقوم بأي عمل فيه شيطنة أيام الثانوية، فلا أنسى عندما أردنا أن نطل على ساحة قسم البنات خلفنا والفاصل جدار. ذهبنا إلى أقصى نقطة تقربنا ورفع إبراهيم رجل متعب بشبك أصابع يديه وتساعدا فوصلا القمة ونسياني حينها عجزت أن أطلع فوق البرميل لبدانتي.. غضبت وذهبت لأكشف فعلتهما للمرشد الطلابي.

وضبطهما يشيران للبنات اللواتي رحن في الصراخ، فضحكت عليهما، لكن المرشد ساوى في عقابنا ربما استشعار منه بعلاقتنا..

.. ذلك الموقف أثبت من بين كثير أن الأمور تتساوى فيما بيننا حقوقاً وواجبات حيث نتحد ننجز، وإن تفرقنا لم نتحرك إلّا بأشغال وقتية..

.. سفرتنا الأولى كنا فيها مع بعضنا عندما رحنا لنكتشف حياة خارج البلاد. زرنا مصر متحمِّسين ونظنها مثل

الأفلام إذ ما إن أطل إبراهيم ورأى خلفنا حيًّا شعبياً هبَّ يَصْرخ:

-"يا عيال، فيلم مصري..!".

.. أذكر تماماً مساومة متعب لينام مع البنت الصغيرة التي أحضرتها زوجة الحارس حريصة على أنها ابنة أختها وطلبت الرفق بها..

.. أذكر دَرْوَخَتنا من الشرب في مرقص الباشا، أنا وإبراهيم.. عندما خرج وراح يسلِّم باحترام وأدب على كل من يلقاه في الشارع خاصة المرأة العجوز التي كانت تفترش الأرض سلَّم عليها مقبِّلا رأسها واعداً إياها أن يفطر معها في الغد ومطمئناً إياها أنه سيلحق صلاة الفجر كما لو كانت إحدى جدَّتَيْه..

.. أذكر عندما أضعنا طريق الإسكندرية كدنا نصل منطقة السَّلُّوم حدود مصر بليبيا.. حيث بقينا هناك وتعاونا على الرجوع والفكاك من الورطة عندما عرفوا أننا سعوديون..

.. كان الضحك ينتابنا بانفعال جامح إذا ما تذكرنا هذه الرحلة أو غيرها

.. يُقَدِّر أهالينا مدى ارتباطنا خاصة أن متعب يعيش نفس وضعي في ترتيب أسرته، لكن بين أربع بنات بترتيب ثانٍ بينهن بينما إبراهيم أكبر إخوته الثلاثة من الذكور.

--

.. عرض عليّ متعب التقدُّمَ خاطباً لأختي حنان، لكنني لم أجرؤ أن أخبرها؛لأنني سأرتبك من مجرد هزء حنان من متعب. إذ كانت دائماً ما تستلمه بالسخرية لطوله ونحولته ونظارتيه المقعَّرتين: "اللي آكله وجهه.."كما كانت تقول إذا ما اجتمعوا عندي لنلعب بالأتاري إذ نلتها هدية نجاحي من سادس ابتدائي، كنا نلعب يومياً بها لدرجة أنها أوشكت أن تنفجر من تناوبنا ونزاعنا عليها.. حتى اكتشف إبراهيم لعبة المونو بولي.. التي أدخلتنا وهم رجال الأعمال لعباً بالورق الأخضر تملك القارات. كان يختار إبراهيم السفينة ومتعب المكواة بينما أنا ألتقط أيَّ شيء..

.. ألح متعب أن أفاتح حنان بالموضوع، عرضت عليه أن يتَّصل بأمي لتتولى الأمر، فهاج.

: "وش إنت ما لك كلام عليها..؟"

: "لا مو شغلي.."

: "إنت أخوها.."

: "وإذا صار.."

: "إنت رجال وتحكمها.."

: "وش؟، أجرَهَا لك..؟"

: "لا مو كذا، يا عبد الرحمن.."

: "ولا هي طريقة للزواج، يا متعب.".

--

.. عندما نحتد أنا ومتعب أشعر أننا نصطنع الهدوء حين نهدأ أمام إبراهيم بينما تتأجَّج نقاط اختلافنا في أي محاورة ننفعل فيها. مثلاً، تنديده حد الطعن بي في علاقتي بالبنات غير المتواصلة. إذ مرة كاد يجن عندما علم أنني تركت الأولى والثانية مرة واحدة بعدما اكتشفت أنهما تكتمان علاقة لم أفهم أبعادها معي إذا دامتا ما تظهران مشاعر ولع بي لكل واحدة طريقة تكتمل إذا ما وصلتها بالثانية.

.. عرفت في مؤخر علاقتي بهما أنني كنت خارجاً من موعد كنت فيه عند هدى..، لم أتحرك من السيارة التي أنا فيها، كان من حسن حظي أنني أخذت سيارة إبراهيم بعد أن أخذ سيارتي ليريها إلى والده ليقتنع بأن يشتري مثيلتها لأخيه فهد بعد نجاحه من الثانوية، لأنني رأيت لحظتها سيارة العنود قادمة ودخلَتْ بيت هدى..

.. هدى موظفة بنك عصبية المزاج، وتهدأ إذا ما وضعت يدها بيدي سواء في السيارة عندما تورطت في أن أرْجِعَها من دوامها النهاري في البنك أو في بيتها إذا جاءت مكتفية بذلك، وإذا ما همت بستدرجني لأقبِّلَها فجأة، انتفضت وظنت أن أحداً خلف الباب يستمع أو يتحفز ليدخل فتوقف كل شيء أو رنين جوالها من قبل إحدى أخواتها المتواطئة معها.

.. لم أكن حريصاً على إغراء أن نكمل ما تشدني إليه

قدر ما أريد أن أفهم رد فعلها المتبدل والسريع من الأمر
كله.. ، تحب الحديث بيننا على الجوال دائماً. تسألني عما
أفعل في النادي؟. أي أجزاء جسمي يعرق بسرعة؟.. بماذا
أشعر إذا عرقت..؟، أو ما الذي أفعله لأعرق..؟. تطلب
بإلحاح أن أصف لها، كيف أستحم أي قطعة من ملابسي
الرياضية أنزع أولاً.. لم أستوعب ما أراه وقاحة منها
وصرت أقول ذلك لها، فبدت تظهر أنها متأثرة وتتأوَّه.. لم
أشعر بأي متعة في ذلك حين أقول لها إنما جعلني أن أعي
كل أعضاء جسمي كلما أمسّ جزءاً أشعر به وأدير له معنى
حتى اعتنائي بملابسي الاعتيادية سواء بالثوب عندما أضع
رجلاً على أخرى، وأنفض لحظتها ثنيته لئلا تحبس بين
الفخذين. أتلذذ بسحب الهواء داخله على أنني ألبس سروالاً
طويلاً كالمعتاد ينتابني شعور باكتناز ما بين فخذي. خاصة
إذا جلست بمرتبة السيارة وغلطت واهماً القميص أو التي
شيرت ثوباً لأشده كيلا يخلف سَفْطات من تثنيه، فتقع يدي
على منابر تثني سحاب الجينز، فألقى يدي بجماعها تتحسَّس
سريعاً ثم تنتقل إلى المقود وتقبض عليه، لكن هدى لم تطلب
مني مرة أن ترى هذا الجسم الذي تسأل عن أحواله.

.. العنود طالبة إدارة أعمال. يخدعك كل مظهر ناعم
فيها أو بريء بينما تحمل وقاحة مرض لم أحسب لأي وجه
مزح حين تسحب يدي وتدس أوسط إصبعها إلى كرنبتها

الـغـافيـة، وأسحب يـدي مـنهـا لتبـاغتني: "يا خي مـا
عرفنالك.. وش اللي تبي..؟ ".

.. كنت أداهنها بـأن يكون الأمر في غير السيارة،
فتطلب مني أمسك خط الثمامة أو في أي مكان في البر دون
تحسس العاقبة ثم تهجم بيدها تقبض منارتي، فأحاول أن
أبعد يدها إذ دام ما رجعت للبيت أعاني ألم لمسها الهمجي،
وهي تقول: "بالنسبة لي عادي.. ما عندي مانع بس إنت
خوَّاف.. ".

.. كنت أرتاب من قصة شعرها القصيرة، لكن فمها
الصغير المتورِّد هو الملفت لي وكثيراً ما طلبت منها كشف
غطاء وجهها لأراه وترشقني: "هذانا كشفنا وما سوَّيت
شي.. ".

.. كان إبراهيم يستغرب معي لأنني أصارحه ببعض
تفاصيل ما أراه مع هاتين الفتاتين لا كما أقول لمتعب لمماً
مما يحدث، لكنني لا أسمع سوى: "لا تفوِّت ولا واحدة..
لو أنا منك أجمعهن مع بعض ليلة ولا شي.. البنات يحبِّن
الوناسة والدلع والتلميس.. كيف مقاس الحمَّالات..؟.. "

.. أتجاهله لاهياً بسحب سيجارة وحرقها لأنني لا
أرتاح لطريقة تفكيره التي تفزعني خاصة عندما أتذكر أنه طلب
الزواج بأختي حنان، على عكسه تماماً أجد إبراهيم لم
يعرض أي شكل من تصوراته إنما كان يحذرني ألا أقع

بمشاكل معهما، ويركز متسائلاً على مسألة متناقضة بينهما أن واحدة تدخلك البيت.

وتتراجع فجأة ما إن تبدأ بحججها بينما الأخرى تريد أن تفعل كل شيء إلى أقصاه في السيارة أو على الرصيف لا يفرق معها ..

.. طبعاً لم أوافق أن أعرض على العنود أن أحضرها إلى الاستراحة كما يعرض متعب لأنه يريد قسمة من الغنيمة، لكنني خرجت تلك اللحظة وعرفت الواحدة تعرف الأخرى. شعرت باضطراب عمَّ تعني علاقتي بهدى وألا تعرف بذلك العنود..؟. هل تخبر كل منهما الأخرى بذلك؟. هل تكذب العنود أمام هدى بأننا فعلناها لذا تتراجع أم لديها مشكلة ما..؟

.. ماذا تعنيان لبعضهما..؟

.. رأسي لم تغلِ فيه براكين الهواجس الصغيرة أحدَّ من هذه المرة..

.. هدى تنكس خطوات تقدُّمِها..

.. العنود تتجاسر على قيودها..

-2-

.. حمل عنّي إبراهيم القلق. كان كلما رآني مطرقاً أو مشوش الذهن طيلة شهر قرار مقاطعتهما: "ترى عادي توقع كل واحدة تقدر تسيطر عليك بس الحسبة جت غلط.. ". لم أسمح لمتعب أن يدرك من حديثنا شيئاً لأنني أعرف أنه سيعرض خدماته الجاهزة لكوني نفضت يدي منهما..

.. في أحد الأيام المسلِّية في الاستراحة يوم دعا إبراهيم مدير الشركة مع موظَّفَيْن كبيرَيْن لباربيكيو غداء يوم الخميس.

.. كان إبراهيم سيد مذاقات شوائه مشرفاً على كل تجهيز، وساعدته بترتيب استئجار الطاولة والكراسي ونادِلَيْن للمساعدة بينما متعب صفَّف جلسة الدكّة على المسبح.

.. ارتفع المسجل بصوت وردة:

"مين قلبه فِ إديه| مين دا هوَّ قولوا لي عليه؟

دا مفيش في الدنيا| عاشق غيَّرْ بَخْتُه بإديه..

مين..؟

مين..؟"

.. كان أبو زياد مدير إبراهيم، حاسراً كُمَّيه مصراً على الاستمتاع بالمساعدة. شعره الأبيض المسرَّح على جانب رأسه يدفعه الهواء إلى عكس اتجاهه وينتشر وهو يردد:

"مين..؟.. مين يشوي بإديه..؟"، نضحك عليه ويتجه لإبراهيم: "والله اللحمة هادي متبَّلة صَح، كيف عملتوها؟.. لا زم أقول للجماعة يعملوا كدا اتهرينا مضغوط حد ما انتفخ بطني.."، وتضوع قهقهات زملائه ويشير عليه إبراهيم بمزحة لاذعة:

-"المشكلة في اللحمة مو في التتبيل.."

.. نظر إلينا مستدركاً ليفهم تخوفت أن كانت أزعجته، لكنه لطمنا بضحكة مجلجلة احتجزتها كحَّة لم تفارقه بل تزايدت بعد الغداء عندما رتب الشيشة، وفاحت رائحة التفاح.. شاركه بها متعب. شكرت له أنا وإبراهيم، بينما الضيفان الآخران أبو معتز وعبد الهادي اكتفيا بالشاي ولعب الشطرنج الذي أنزلاه من سيارة أحدهما.

.. سأل أبو معتز أبا زياد عن وزنه، فقال دافعاً كركرة شيشته هو ومتعب: "وزني دهب.."على اسم برنامج أيمن زيدان في قناة أبو ظبي، وقام أبو زياد ينطُّ مظهراً خفَّته وليثبت رشاقته على تعاقب ارتفاع كرشته في قفزه.. استغربنا حالة النشوى التي تعالى بها وجلس يدير اتجاهه في كل قفزة وكدنا ننهض لنوقفه، لكنه عاجلاً سقط في المسبح.. تدافعنا لننقذه خرج يلوِّح بيديه بعلامة النصر وجلس يصرخ:

-"فلسطين عربية.. بغداد عربية..".

.. أدْنَيناه من السُّلَّم ودفعته أنا وإبراهيم وجاء عبد

الهادي ليربِّت كتفيه وراح إلى السيارة ليحضر غياراً له بينما ظل أبو زياد في حالة شرود بعد أن غيَّر ملابسه المبلَّلة وأصر على أَنه فقد مسبحته وخاتمه في المَسْبح. أضاء إبراهيم نور المسبح وحرَّك بإحدى العصي روحَةَ جيْئةَ، ولم يسمع أي رنين..

.. أقبل أبو معتز من الحمّام ومدَّ راحة يده اليمنى سائلاً مشيراً إلى ما فيها: "من ترك سبحته وخاتمه عند المغاسل..؟".

: "أيوه شفتو..، لقيتهم كويس..".

.. تلهَّى بلبسه وعقد المسبحة بين أصابعه. عرض إبراهيم أن يحضر نعناعاً أو شيئاً آخر: "لا..، خلاص يا ابني، أكرمكم الله.. إحنا رايحين". تمنينا لهم أن يكونوا قضوا وقتاً ممتعاً شكرونا..، ورأيت انشراح صدر إبراهيم حيث ستدفع هذه البادرة مكانته عند مديره في العمل بعد أن انقبض قلبه عندما وقع مديره أبو زياد في المسبح بعد القفزات البهلوانية التي ظل متعب يستهزئ بها: "وش ذا؟، دب يناقز.. هذه أول مره يسرب شيشة؟"، وراتفت عليَّ: "وساكت إنت بعد.. تتفرَّج..؟"، لكنني رددتها: "لا والله كنت مكيِّف على الشيشة مثل بعض الناس..".. طالعه إبراهيم: "لا يكون حاطّ في الشيشة شي..؟"..

.. نهضت ناوياً أن أسبح بينما إبراهيم راح يلَمْلم بعض

الأغراض، جاء متعب ليشاكلَني إذ يريد أن يوقعني قبل أن أخلع ملابسي أوقفته بقبض أذرعته وتصليبها عليه بشدة حتى هدأ وأجلسته.. خلعت ملابسي وحين هممت بشدِّ خيط مايّوه السباحة، رمى متعب كلمته: "شِدْ.. شِدْ هذا اللي انت فالح فيه وغيرك يرتخي ما ينشد.."أغاظتني عبارته، فدفعت بغتة جسمي كله عليه مُبْرِزاً أوسطه ومزيحاً بسرعة مقدمة المايّوه بوجهه رفع يديه ليخبط بهما ويدافع بصراخ: "يا حمار.. يا مْخَنَّثْ..، وش شايفني..؟".

.. جاء إبراهيم ليفسح ما بيننا ومتعب في هلعه يزمجر: "هِيْ إنت وش شايفني..؟، وش قصدك من هالحركة؟.. قل وش قصدك..؟".

.. لم أشأ أن أسبح أعدت ملابسي ورحت أساعد إبراهيم في لمْلَمة الأغراض المتبقية حيث لن تبقى في الاستراحة..

.. رفع إبراهيم على صوت الوردة الذي لم ينته من المسجِّل:

"حالة فيها اسْتِحَالة| ما تْفَسَّرْهَاش قِوَالَةْ

ولا شَكْوَى.. ولا أنين!"

.. لم أعبأ بالصوت إنما كنت أغلي بغيظي من استثارة متعب الحمقاء رحت أنفض المجمرة على مقربة من رفِّ المسجِّل وكدت أن ألقي بها على وجه متعب لحظة حاول أن

يستهزئ بصوت الوردة لأن أمي تحبها وأختي لمياء كذلك إبراهيم يحبها، فانداحت:

أنا عايزة مُعْجِزَة| تنجِدْني مِنِ الحَنين

أَكْبَرْ مِنِ السِّنين.. "

.. شغلتني عبارة: " أنا عايزة معجزة".

.. لماذا نطلب المعجزات..؟

.. أ هي نصْرَة لعجز قدراتنا أم وجه ليثبت عجز سوانا..؟، كأنما حين تأخذ يفقد أحدهم شيئاً؟..، لكن ماذا لو جاءك ما ليس لك منحة أخْذِهِ ثم تتْرُكُه..؟.

.. أنا تركت ما لا سعيت إليه أو تنافت أسباب بقائي عليه..

.. لم يهن عليَّ أن نخرج من الاستراحة بزعل متعب بادرته بالاعتذار وقبّلت جبينه فنفخ في صدري دخانه شددت شعره: "لا.. لا.. تكفى خلاص.. يا عبد الرحمن.. أمْزَح.. والله أمزح".

.. أشار إبراهيم أن نذهب فالساعة الثامنة وليس لنا أن نقضي بقية الوقت استحسن ليافتي مع مديرنا ونسيونا الرقة، وكذلك اعتذاري من متعب الذي يلحقنا بسيارته. سألني إبراهيم أي شريط أسمع، فدفعت الذي رأيته بفم المسجل عالقاً، واندلقت الوردة:

"نخاصمهم والا لأه..؟| قولوا أيوه والا لأه..؟

نصالحهم والا لأه..؟"

.. اندلعت ضحكتي وأعديت إبراهيم، فحاول أن يحد
متعب بسيارته كيلا يتجاوزنا إذ هو مسرع، فحنق وضرب
المنبه معلقاً عليه وطار..

: "يا خي.. مهبول متعب.!"

: "بس قلبه طيب.. على نياته ضعيِّف.."

: "بس طريقة تفكيره بايخة.."

: "لا تتشاكلون مع بعض.."

: "وش هو اللي يبدا..؟"

: ...

: "أحس إن عنده مشكلة بس مو عارف وش هي..؟"

: "حللت الرجَّال..؟!"

: "لا أختي لمياء تقول.. (قاطعني)"

: "وش خص إختك..؟"

: "لا تفهم غلط..!"

: "طيب فهِّمْني.."

: "متعب عرض عليَّ أن يخطب حنان أختي"

: "طيب وش دخَّل لمياء.."

: جاي لك في الكلام وراك عصَّبْت؟"

.. لم أنتبه جيداً إلى سبب عصبية إبراهيم وهو يطالعني
بعينين مائيتين وطلبه أن أفصِّل الموضوع له ببساطة، ولم

41

يسأل عن شأن حنان.. أو أي شيء عن متعب بل استكان ما إن قلت أن لمياء قالت تلك العبارة مقدمة لحديثها عنه إلى حنان كمشروع عريس، فلم تبال به واستهزأت دون أن ترى في الأمر جدية: "ناقصين سباكين.. الفلاحين أشْوَى..؟". ضحك، وقال: "والله صدق شكله ماسورة، اختك ذَبِّيَبَة".

--

.. إبراهيم ولمياء قريبان إليَّ، ولا يعرفان ذلك. أرتاح في الحديث مع كل واحد منهما أكشف أموري، ودائماً ما أكتشف مصادفة اتفاق رأييهما أو اقتراحاتهما مع احتفاظ كل واحد بطريقة التنفيذ ويتركان لي الأمر دون إلزام بل كأنهما يدفعانني إلى تحمُّل المسؤولية سواء بسلبيَّتها وإيجابيتها. أشعر أنهما كائن واحد.. ذاكرة واحدة أو قلب واحد.. ربما جناحا طائر..!

ثاني الباب:

حَمْرة النبأ

وردة وكابتشينو

عَبْد الرَّحيم منصور:

"أيَّـام عــلـيـنــا تِـعَــدِّي   وتْـــمُـــرِّ زيِّ الـــسَّـــحَـــاب
نــاخُــدْ مَــعــاهــا ونــدِّي   ونْـبـيْـع لِـبَـعْـض الـعـذاب"

وردة وكابتشينو

-1-

.. لم يخطُرْ ببالي أبداً أن ثَمّة ما هو مشترك بين لمياء وإبراهيم..

.. تستمع إلى وردة: "لازم نفترق"، وتدخل في دوامة أنين تعجزها من الهِتَان أو أن تخفف براكين روحها من قيد إنهاء علاقة كانت من بشرى الجنان بالطلاق لم توافق عليها، ولم تستجب راضية إلى استماتة زوجها المعلول في إبعادها شغوفة به مخلصة لأن تبقى بجانب ما بدأت بناءه وقام يتهاوى أمامها ولم تعترف.

ظلت طيلة تلك الفترة لا تكف شذا الوردة ولا تغير مكانها:

"غلاَّب يا حُكم القدَرْ! ما لْناش مَعَاك حيلَةْ
والحُبِّ عند القدَرْ | دايماً مالُوش حيلَةْ
مش حَ أقولّك الوداع.. لا
مش حَ أقولّك الوداع.. لا

الوداع مَعْناه حبايبْ| عمْرُهم في الحُبِّ ضَاعْ
وإنت حُبَّكْ جُوَّ قلبي| نارُهْ أقْوَى مْن الضَّيَاعْ"

: "هذي آخرتها بتعيش مع أغنية.. "..

.. عبارة أمي وحنان المتذمرتين على حالها حين رفضت البيت الذي عرضه عليها ليكون باسمها حتى وديعة البنك. مات موصياً لها بذلك، وهي لا تعلم إلا بعد سنوات حيث أخفى والدي عنها وتولاها بطريقته. على هذا بقيت ترفض لمياء الزواج بعد سلمان كمبدأ إخلاص. كأنما تريد التخلص من ضميرها المشتعل في وخز تأنيبه لها بالتطهُّر باقية تتنسَّك لذكراه كل يوم سبق أو تلا مماته تملأ غرفتها بالشموع الزرقاء والصفراء بعدة أشكال وأنواع ذوات روائح عطرية..، لكن الكآبة والصفاء في تذكره اللونين اللذين تختارهما للشموع.. تخرج بطاقات الهدايا التي أهداها إليها قبل الزواج وبعده كذلك صوره، وتنشرها على سريرها فتشدو رائحة الورد الطائفي، وتعبق الزوايا بأنفاس الوردة الجزائرية:

"كتبْتِ لَكْ غِنْوَة لَكْ تفكَّرَكْ بمَوْعِدَكْ..
كتَبْتِ لكْ زيِّ الليله دِيْ..
في يوم ميلادي..
غنوَةْ لَكْ تِفَكَّرَكْ بمَوْعِدَكْ..
استَنَّيناك أنا والليالي استنيناك..
بشوق ولهفة تقصد خطاك..

استَنَّيناك بخوف يساوي فرحة لقاك..
ويا ريتك جيت يا ريت..!
يا ريت ليلتها وجيت..
يا ريت غلطت ليلتها وجيت..
أتاريك نسيت..!
الكل افتكَرُه وإنت نسيت..
كتَبْتِ لَكْ زيِّ الليلَة دِيْ..
في يوم ميلادي..
غنوَةْ لَكْ تِفَكَّرَكْ بمَوْعِدَكْ..
أسمَّعكْ غنْوتك..
سنة حِلْوَة يا سـ..
بدموعي في العيد..
أنا عمري ما نسيتك لك..
في ال(...)مواعيد..
عجبِتَكْ.. قَسْوِتَكْ..؟!.."

.. ينتهي المقطع ويبدأ عند لمياء نشيدُ أنينٍ يسهِّرُها اجتمار الليل تناجي البطاقات والصور ونفسها..

.. تخرج بعدها فجأة من غرفتها كأنها لم تحزن بالأمس.. أدخل أنا وحنان لنطفئ الشموع ونلملم البطاقات والصور..، ونفتح لها شبّاكها ليطل القمر وحده وقوافل النجوم..

.. نخرج نلقاها تتلهّى بشاي تُعِدُّه لوالدي أو حلوى تجهز مقاديرها وتناديني إذا ما رغبت نكهة معيّنة أو تسأل حنان لتساعدها في إشعال الفُرْن..

.. لم تطل حالة لمياء هذه خارج غرفتها أو لنفسها كنا نرافقها في هذه الليلة مذعنين طوعاً لما تريد أن تقدمه لروح سلمان..

.. ما أقسى اللحظات الخانقات لوجع لمياء..

.. ما أقسى الميِّت متظاهراً بالنوم كما تظن لمياء..

.. بَهْوٌ من الآلام المتنافرة والمشكّلة لفسيفساء أوجاع كأنما هي زهور الجحيم التي تبتغي طهْرَانية دروبه إلى هاوية النجاة..

.. لم تكن تعجز عن التقدم، لكنها لا تصمد لوقوفها على ذكرى رجل أحبته بعنفوانها كله، وجعلتنا في محيطنا نألفه ونعدّه واحداً منا.. متخذة أساليب رائعة في ربطه بنا مخصصة يوماً لنذهب إلى بيتها دعوى غداء أو عشاء أو مثيله في بيتنا.. تأتي [illegible] إلينا بهدايا للست أو بأخبار جديدة عن مشروع مدرسة أطفال أو تتكلم عن مركز طب نفسي سيساهم معها في تمويله.. أو توحي لأمي بدعوة وتطلب أن نأتي إليها معدّة حنان أكلة أو حلوى لنحضرها معنا أو إحضار ورْدٍ من حديقة بيتنا لتتكلَّمَ عن الأحواض التي أشرفت على بذرها

وتسميدها وسقايتها تاركة مواعيد كل أمورها لدى المزارع حيث يقوم بالمهمَّة وتذكِّرُنا أن نلاحظه دورياً..

.. إنما لمياء لم تتوقَّعْ أو حامَ لها أن جسم زوجها يخبأ له جنة الفقدان ويترك لها جحيم الذكرى..

.. يا له من كون فتلَتْه لمياء بطموحها..

.. يا له من كون لم أعِ حركته حتى تفجَّر بوجهها.. "شهيدة الحب العذري"مُطْبقة عليها عمتي نادية، لكنها شرحت بعد أن سخرت حنان: "رابعة على غفلة..!"..

: "المسألة ما كانت تحب سلمان نفسه.. بس الآدمي أول شخص.."

: "سلمان مات بْسرطان.."

: "حنان..!، بلاش الكلام.. هادا.." .

-2-

.. كنت في: "كليّة الاتصال والمعلومات" التي أدرِّس فيها حيث تلقيت اتصالاً فاقد الرد عليه من حنان، وتندر بيننا الاتصالات، إذ لم أعتد منها ما تستعجل عليه وتركت لي رسالة: "تصدِّق أمي سافرت جدة راحت تشوف جدتي صفية..!".

.. أ لم تر الأمر عادياً في سفر أمي إلى جدة بينما والدي عادة ما يعرض عليها لدوام تنقُّله بين الرياض وجدة..؟

.. ما الداعي لاستغرابها من سفر أمي..؟

.. كلّمتها وأصرت أن ذلك غير طبيعي، وسألتها إن كانت اتصلت عليهما، فأخبرتني أن والدي طمأنها برغبة أمي في أن تعتمر مع جدتنا صفية، لم تهدأ حنان اضطررت أن أنهي مكالمتها لأوان وقت محاضرتي..

.. بعد ساعة خروجي من الكليّة على طاولة الغداء أنا ولمياء وحنان اتصلت أمي لتخبرنا أنها اضطرَّتْ للذهاب إلى العمرة مع جدتنا صفية لأنها رافقتها منذ أسبوع، وخافت إذا ما شكرت شفاء ساقيها أن يعاودها السقام.. لم تقنع حنان مصرّة أن تلحق بأمي، لكنها هدَّأتها بيوم موعدها نهاية الأسبوع هي ووالدنا.

--

.. رأيت اتصالات أربعة فاقد الرد عليها لمتعب لم أتمكن لعدم حملي الجوال داخل النادي، اتصلت عليه، وأن أرتشف عصير الجوافة مع ناصر في مقهى النادي الذي افتتح قبل أيام..

: "وينك ما تردّ..؟"

: "في التمرين.. ليه..؟.. فيه شي..؟"

: "أبغاك بموضوع.."

: "شِفْ يا متعب، إذا كان نفْس.."(قاطعني)

: "ليه وِشْ فيك..؟"

: "أرجوك يتأجَّلْ بعدين.."

.. لم أعرف، لماذا لم يخجل على نفسه وينهي الموضوع أو ليذهب إلى والدي ويعرض الأمر عليه. أنا قطعت عهداً ألا أكلِّم حنان عنه أو حتى جسِّ نبضها تجاهه ما دامت ذكرته ساخرة غير مهتمة، وأجملت القول لمياء عنه بعبارتها: "عنده مشكلة.. مو عارف وش هي..؟"، فكأنها حنان تخلَّصت من عبئه.. هكذا فهمت..

.. حاولت أن أتصل عليه لأخبره أن يلغي الموضوع من ذهنه، ولا يفتحه معي بتاتاً أو حتى مع والدي.

تخوفت أن أخسره، ولا أريد أن يأسى إبراهيم ويعاني مشقَّةً بائسةً يسببها عنادَيْنا بين تجاهل متعب وإحراجي..

--

.. سمعت صوت حنان عالياً تناديني أنا ولمياء..

.. على أنني عند باب الشارع أوشك الدخول فزعت إليهما، ورأيت أمي جالسة على كنب الصالة لابسة جلابية بيضاء ومنديلاً على رأسها، توشك نزعه وتمنعها حنان لترينا إياها عليها. تحمَّدنا لها بالسلامة هي ووالدي، ثم استأذَنْتُهم لأرتاح في غرفتي.. طلبت مني لمياء أن أمرَّ على غرفتها بعد قليل..

.. وضعت شنطة النادي على الرف، لم أشعل كل الأضواء إنما أباجورة سريري ومسكت الريموت كونترول. فتحت التلفزيون بوجهي مسلسلاً مكسيكياً رحت أتجوَّل بين المحطات الفضائية تركت الإعلانات التجارية في محطة. إذ تذكرت أنني أريد أن آكل شيئاً نزلت ودخلت المطبخ وجدت لمياء تحْت تخرج فطائر جبن ضوَّعَتْ رائحتها أرجاءه أخذت بعضها، وقبل أن أهم بالخروج سألتها إن كانت تريد أن تخبرني شيئاً، فأنتظرها. قالت: "بعْد شْوي أبَرْقَى.. ".

.. لم يتغير المشهد الذي فتحته في المسلسل المكسيكي أقفلت التلفزيون وفتحت المسجل على موسيقى زامفير الروماني(*). يعجبني صوت الفلوت يرخي أعصابي المتوترة من قبض وبسط التمارين على كافة جسمي أشعر بأن الدَّمَ

(*) العازف الروماني: Gheorghe Zamfir.

يغلي في باطن أرجلي، فأرفع ساقيَّ فوق مخدة.. لم أستطع
النوم جهدت.. أشعر بإجهاد يومي كامله على كتفي، وباطن
أرجلي وظهري، اخترت أن أزيل هذا التوتر بحمّام دافئ.
سمعت صوت فتح وطرق خشب بمعدن.. لم أهتم حتى
انتهيت من حمّامي أنشف جوانب جسمي ماشياً طليق
الأعضاء.. أقفلت الباب ولمحت ديسكاً على طاولة
الكمبيوتر عليه ورقة:

"كتبت مقالاً عن فن المحادثة
أعطني رأيك!، ولو سمحت
صحِّح المصطلحات..
لمياء.. "

تثاقلت فتح الكمبيوتر، والجلوس أمامه، والسرير يمد
أجنحته إليَّ..

-3-

.. صحوت على صوت مسجل الأسطوانات الذي أكمل دوراته طيلة منامي متجولاً بين الأسطوانات التي يحْوَيها..

.. بعد زامفير والناي مرَّ على مقطوعات الجاز الكلاسيكية التي يعزفها Knney. G ثم أسطوانة ريكويم لأندرو لويد ويبر. إنه "قداس راحة الموتى" على مقربة من النهاية. ذلك صوت النديِّ-الطِّفل: بُول مايلز كينغستون يصلي باسم يسوع...:

"Pie Jesu

Pie Jcsu,qui tollis peccata mundi

dona eis requiemÁ

Agnus Del,qui tollis peccata mundi

dona eis requiem sempiternam."*

.. نغمات لتصفى الروح. تحلِّق في عالم ملائكي كوجه بُول الذي أتطلع إليه في داخل كتيب الأسطوانة أشعر بكثير من ال[illegible] الذي يتعدى سماعي لبول بل احتضانه لرشح الملائكية.. وألوح حول عينيه الفذتين بجموحهما نحو

(*) "يسوع الرحيم، من يمحو آثام العالم، ليهبهم الراحة.. يا حمل الرب، من يمحو آثام العالم، ليهبهم الراحة الأبدية.."

السماء.. إلى الحمَامات المجنحة الأحلام المارات على أروقة الضوء البعيد الآتي ساعياً إلى كثير من نعاسي ليأزَّه ويمد اتصالي بعالم النهار..

.. رتبت ما أحمله في شنطة اللاب توب واضعاً ديسك لمياء معي علَّني أقرأه في وقت فراغي بين المحاضرات في الكلية..

.. صبَّحت على والدي وحنان. كانا وحدهما إلى مائدة الفطور.. نظرت إلى حنان استغربت نهوضها مبكرة، فليس من عادتها أن تذهب إلى مشغلها صباحاً، محل الخياطة والكوافير.

.. أقبلت أمي من المطبخ حاملة إبريق الحليب ساكبة لوالدي ثم لحنان وآخر كوب كان الذي أمامي..

.. هدوء الصباح على هديل الحمام الذي يتجمَّع بين سورنا وسور الجيران ما نسمع مع صوت كنس المقشة لأوراق الشجر الصفراء..

.. أطلت حنان على السائق وطلبت منه ألا يتخلَّص منها في القمامة، أشارت عليه بأن يجمعها في كرتون وجاءت لتجلس، فنهضت مودعاً إياهم..، بعد أن ذهبت حنان إلى الطابق الأعلى..

--

: "شايفة يا لطيفة العيال كبروا..!"

: "وكبَّرونا معاهم.."

: "زي ما توقّعنا لهم كل واحد اختار حياته."

: "قصدك تاركهم على هواهم.."

: "يا لطيفة هذي الحياة.."

: "لمياء مشغولة بأبحاثها، وحنان بمشغلها وعبد الرحمن

بدا يعطي محاضرات في الكليّة.."

: "مو كافي.."

: "ما كان ذنبك إهمالك كنتي مريضة ومعذورة.."

: "بيعذروني الأولاد.."

: "يعني مو متاكدة من محبتهم.."

: "أنا خايفة عليهم.."

_____

58

//ساعة مربحة بين الكابتشينو والـCHATING!//

أو

//الـ CHATING فن كتابة حكي التلفون أم..؟!//

بقلم: لمياء المدلج

(على فكرة اقترح واحد من العنوانين..!)

مثل أي تقنية إعلامية حين تهطل بتوفرها كجهاز أو إمكانية في الوسائل يكتب موتها حين تكون هدفاً لا وسيلة إلى ما يراد أن يوصل بها... ، لكن حيث تتبعي لبعض المحادثات لشباب سعوديين في شبكة المايكرو سوفت/ MICROSOFT العامة والوقتية أو حتى المشفرة برقم سري/ PASSWORD للدخول حيث السرية والخصوصية في الحديث وجدت أن استخدام العامّ منها أو الخاص بما يسمى الآن- وهذا مشتهر-المنتديات بأنواعها يحفل بتنوع ما بين حد الشؤون التابوتية-نسبة لـTABU-من الجنس في استعار شهواته، والسياسة في تحركاتها، والدين في مقاوده، فلا

تعجب أن ترى منتدى كامل بأسماء مستعارة تتشح بمناخ تسميات علماء ما وراء النهرين الذين دخلوا الإسلام في ذروته المشرقية-إبان الحكم العباسي-، تجدها أو ما يُشق على منوالها: أبو محجن، الصافي..، أبو حراب!، إلى التسميات من نوع فتى الحب، عذراء الأمنيات، أو رسمة قلب إلى صور تعبيرية، تستخدم في منتديات العواطف والشعر العامي إلى الخواطر الفصحى النثرية..، أو إلى ألقاب من مثل: المقلع، الأسد، بزر حلو(!)، أقوى البنات في صفحات تتنقل من الحكي المكشوف عبر منقولات الكلام العامي:

".. 1: كيف الحال؟

.. 2: أهلين!

.. 1: تراني اليوم مْقَفِّلَة معي(كناية عن الضجر).

-الجميع بعبارات السؤال المهيأ للتنفيس-

.. 2: عسى ما شر!

.. 3: أفا وش ذا العلم؟

.. 1: حبيت لي واحد أنابي!

.. 4: ها ها ها ها(كتابة الضحكة لأحدهم حيث عرف أنه مقطع من أغنية)

.. 2: للأسف كلنا تتعبنا المحبة(رأي مضاد من أحد المشتركين..)

ثم ينفرط العقد ما بين أن تتحول المحادثة إلى الحوار الهامس عبر الـ WISPER BOX، وتتم تعارفات أو (سواليف) بنفس المقتضى..

*

كذلك تذهب المنتديات المخصصة عبر صفحات محددة الشأن الموضوعي إن كان سياسياً حديث الساعة مثلاً الهجوم على العراق أو تأكد من قبل كثيرين عن أحوال الأسرى ومباحثة تشابه أسماء متهمي تفجير أيلول/سبتمبر مع آخرين إلى ربما مشاكل البحث عن وظائف وطموح إكمال الدراسة العليا..، حتى الديني منها يتناول بمقاربة نفس المواضيع مع إيفائها مناخاً عبر المفردات والقاعدة الثقافية الفقهية لدرجة الذهاب إلى استخدام تعابير مهجورة من قبيل النفث في مومياء المفردات المعجمية:

".. 1: حدثنا يا أبا السعف! هل حقيقي ما سمعناه أمس عن فتوى الشيخ؟

.. 2: قاتلك الله كيف عرفت؟

.. 1: لقد أخبرني أحد الإخوة بعد صلاة العصر!.

-أبو الزمهرير يلقي التحية ويسأل-

.. 3: هل تابع أحدكم برنامج ذلك الإخواني..!

.. 2: عليكم به في الحلقة القادمة بالفاكسات والاتصالات.

..: سوف أعزمكم على كبسة(*) محترمة يومها!.

-يقهقه أكثرهم ويبارك العزيمة/ العزومة-

*

يمكن أن يزيد على كتابة الحكي التلفوني هو أن أكثر الأشخاص يتكلمون بحرية فضائية ربما لا يعرف أحدهم الآخر أو يتواطأون على جهلهم ببعضهم بعضاً من أجل انعدام المخافات الإفشائية، على وجود رقابات تخص كل منتدى حسب لائحة متفق عليها عرفياً أو باجتهاد الرقيب الموكل إليه الأمر وتكون المسألة دائرة بين أكثر من شخص لا واقفة على واحد.

هل تسمح المحادثة بغير مكتوبها المنطوق؟.

تتوفر على المحادثة بعث المواد عبر ملفات حين يتناقلون نص مقالة أو شعر أو صورة في أي مطبوعة أو ملتقطة للتعميم الإعلامي حسب إثارة الموضوع واهتمام المشتركين أو مستخدمي الشبكة غير ما يمكن أن يتراسل به كثيرون بعض الأمور نفسها عبر البريد الإلكتروني.

(*) الكبسة: أكلة محلية انتقلت من الطباخين اليمنيين منتهى السبعينات. //

كثيرة مقاهي الإنترنت التي افتتحت وتعددت مرصوفة جنب بعضها بكل أشكاله مظللة الزجاج حيث تبقى إلى ساعات متأخرة تطاول الصباح ما لم تأت دورية لتعجل الإقفال أو الإبلاغ عنها!، ربما لهذا السبب وإلى سبب وقوف كثير من مرتادي مقاهي الإنترنت على شبكة المحادثات دون الذهاب إلى صفحات رئيسية حسب الاهتمام من مطلع إلى طالب إلى متابع صحف أو صفحات تعنى بالمواضيع الشاغلة للذهن ما جعل كثيراً من المشاريع المستعجلة في افتتاحها أن تسير في ركب بيع المحل لعدم التفرغ أو تغيير النشاط إلى مطعم لا مقهى عام تكلفة كوب الكابتشينو لساعة جلوس أقل منها للجلوس أمام الجهاز بعد أن كانتا مجموعتين-أيْ: التكْلُفتان-تشكل ربحاً مغرياً!.

.. شعرت بسعادة وتأثرت بمقالها الجريء، وفخرت. لا أعرف لماذا خصتني بقراءته؟. أ لقربنا إلى بعضنا أم أنها تريد أن تطمئن إلى سوية المصطلحات الحاسوبية كما تتكلَّم مُعَرِّبة.. أعجبتني قدرتها على تقمُّص النقيضين. إنها شفافة جداً.

.. قررت أن أسألها عن سبب كتابة هذا المقال بعد عودتي من الكليّة، ولماذا كتبته بهذا الشكل. هل تنجز بحثاً

عـن أسـاليـب الاتصـال الـجديدة بيـن المـجتمـع خـاصـة
السعودي..؟.

.. على أنني خريج حاسب آلي وندرس طرق التعامل
والإنترنت، لكنني لم أستفد منه حتى الآن: "نعلِّم الناس ما
يفيدهم وننسى فائدته لنا كما لو كنا أطباء يداوون سواهم ولا
يداوون أنفسهم"كما علَّق د. بيتر أيام الدراسة.

-4-

.. منذ فترة وجارنا منصور الأحدب يضع تنبيه عدم الوقوف على أي سيارة تطأ شبراً من حد بيته مضيعاً وقته خارجاً كل لحظة ليرى إن كان صاحب السيارة الواقفة عنده مشى أو لم يمش. رآني في ثوبه المخطط وحكّ صلعته الحمراء سوى من أطرافها مشيراً إلى تلك السيارة التي ليست خاصته :

: "يا أخي فيه ناس ما تفهم!"

: "عاد إنت مَشْ!، يا بو فهد.. "

: "كيف يوقف ويدري إنه موقف خاص؟"

: "يا بو فهد إن ضيَّق عليك أحد.. "(قاطعني مهدداً)

: "ما يمديه.. "

: "عادي وقِّف بالمكان اللي يعجبك.. "

.. رفع يده مسلِّماً ليدخل بيته ربما لسعته الشمس ليصمت أو استدفعته معدته..

.. المجنونة حنان ملأت مسبح البيت بالأوراق الصفراء التي طلبت من السائق جمعها هذا الصباح. منظر بديع أن يتدثر الماء بأحد حروف الخريف. الوحدة.. الذكرى.. الصمت.. أو تأمل بداية من رماد..

.. سلمت على والدي في الصالة وصعدت إلى غرفتي.
تباطأت لأتكّنه صوت الوريد بعيداً:

"رايح لفين؟، خلّيك| أنا أعيشَ لِمينْ غِيْر لِيكْ؟
قلبي بِيُنْبُضْ بصَدْرَكْ| وروحي ورِدَةْ في يديك
غمّضْت ليه، يا حبيبي..؟"

.. دخلت غرفتي غيَّرْتُ ملابسي، وغسلْتُ وجهي. وحين أمرّ بين باب الدولاب والحمام داخل غرفتي ألمح خطفاً ظلال الستائر تتحرَّك تعلو وتهبط في غرفة لمياء. توجهت إليها ما إن أقبلت حتى سمعت زفرة، فأقفلت المسجِّل وأحببت أن أهنئها على المقال لأخرجها من الحالة المتقدمة فيها..

: "برافو، وش هالمقال الحلو؟."

: "والله حلو؟"

: "أنا بصراحة أعجبني.."

.. لم نكمل حديثنا لأن حنان جاءت لتؤكد أن الغداء جاهز، فوجب نزولنا..

.. كانت أمي متفانية في إعداد السلطات بين الحصراء واليونانية حتى الحمراء التي تعدل فيها نسبة زيت الزيتون مع الأرز الأبيض وقطع دجاج مسلوقة.

.. لم يُثر غير حديث حنان الدائم عن مضايقة الهيئة.. لها حين يُرْسلون مخبرات نساء يدخلن دون غرض للمشغل،

متلَفْلِفات بقُفَّازات سُود وصنادل تغوص ألوانها مع الجوارب الغليظة. . تقول إن بعض الزبونات يأتين لقص أو صبغ شعر، وأحياناً من أجل تنظيف البشرة أو تدليكها، وتزيين أظافرهن ثم فجأة تدخل واحدة دون أن تفْتِش وجهها وتراقب الموجودات ثم تخرج مسرعة. .

: "تروح ما ني عارفة ليش جاية. .؟"

: "بس يا حنونة، كيف تسمحو لها؟"

: "دَخَلَتْ على أنها زبونة. . "(وجَّه والدي كلامه إلينا)

: "يعني عيب المفروض هذي الحاجات ما تصير. . "

: "بوليس أخلاق. . "(*) (قالت لمياء)

. . تبسَّمنا جميعاً، لكنها أكملت بأنها قرأت مرة تعبيراً لروائي جزائري وصفهم: "حراس النوايا. . "

: "لا حول. .!"

: "عليهم تصرفات بهايم. . "

: "مدري مين حاطهم. .؟"

: "ليش الناس ساكتين عليهم!"

: "عشان يضبطوا الناس. . "

. . أردفت حنان لعبارة أبي: "بالشكل والا يلاحقون النية قبل النفس؟"، وأخفتنا ضحكات محتملة. .

(*) هيئة الأمر بالمعروف والنهي عن المنكر، يسمى موظَّفيها: مطاوعة.

.. سمعت لمياء تتكلم بالموضوع مع أمي ولحقهم والدي حتى بعد نهوضهم من على الطاولة، : "إذا كان هؤلاء موجودين لضبط أخلاق الناس معنا ذلك فتح تهمة فشل تربيتكم أو البرامج التعليمية التي لا تتعامل مع الأخلاق كمبادئ بل كتصرفات لا إرادية يرد عليها ملاحقة بالتجسس والضرب وتوزيع التهم وتعبئة الأوراق بنوايا تسرح فيها خيالاتهم.. "

.. الموضوع جذبني كثيراً حتى أن والدي لم يرد أن يترك الحديث ويذهب إلى قيلولته المعتادة بل إن حنان جلست هادئة تنصت. أمي نادتني وطلبت مني أن أجلس على ركبتي أمامها وسحبت يديَّ إلى ركبتيها وطابقت أيدي لمياء وحنان على كفَّيَّ، وقالت:

"اوعدوني تكونوا مع بعض دايماً.. "

.. استغربنا الأمر، وشعرت لمياء بحرج طلب هذا الوعد المسبق إبرامه تلقائياً. إذ رابطتنا أوثق من مسألة الدم تتعداها إلى السجايا في هذا البيت، وشعورنا بالمسؤولية الكاملة عن حياتنا منذ الصغر..

.. حدقنا في أمي كلنا فكانت مغمضة عينيها، وجاء والدي من خلف الكنبة وقبّل رأسها ورَبَّتت براحة يدها على كف يده المعتلي كتفها..

: "إتْطَمّني، يا لطيفة ذولا ما ينخاف عليهم.. "

--

.. تنبهت على صوت مؤشر الجوال الهزاز ومددْت جسمي لآخذه..

: "أيوه استعنا على التعب بالله.. "

: "هلا أبو صالح"

: "وش عندك اخلص..؟"

: "بشوفك الليلة في الاستراحة.. "

: "لا أبغاك في موضوع..

: "شف يا متعب إنهي الموضوع.. "

: "أنا راح أنهيه.. بس إهدا!"

: خلاص تعال بعد ثمانية ونص إلى النادي"

-5-

. . منذ افتتاح نادي الفارس الرياضي بجانب البيت في نفس مربَّع سكننا ارتحت من أن أستقل السيارة إلى نادي بودي ماستر في سوق الأندلس. . ، الأمر الثاني أنه مكشوف على الشارع بجانبه محل ديكور ثم محل نظارات المدينة حتى زاوية مطعم برغر كينغ الذي خف روَّاده منذ قرار مقاطعة المنتجات الأمريكية، وعلى طريق العمارة امتداد للنادي مقهى بجزء داخلي للإنترنت، وعلى الرصيف المحاط بسور من الشجيرات التي تنتظر رأياً لتحسين وضعها من أختي حنان لو عرفت. .

. . مدرِّبنا فتحي كان يتولى بطل مصر في الأوزان الثقيلة على مدى خمس سنوات منذ 1993، ثم جاء هنا لأن صديقه صاحب النادي أراد فتحه بمشاركة صديقين يعانيان مرض القلب ويلزمهم جميعاً بعض التمارين اليومية بإشراف محترف مثله. .

. . كانت تكفي نظرة منه أو فرقعة بإصبعه، إذا أشار بامتداد ذراعه لنفهم ما يتوجب مداركته. كنا ستة متدربين وقت العصر وكثر العدد بعد أربعة أشهر إلى خمسة عشر متدرباً. إنما الذي أستغربه تزايدهم إذا ما اقترب الشهر الخامس أو السادس كثر المشتركون في تمارين التخسيس،

وقليلاً من الحديد فتسمع توجعاتهم طيلة أول أسبوع تمرين وتتوالى الآلام في السيقان والظهور والأكتاف. إذا ما استطاع أحدهم أن يكمل التمرين. تهكّم فتحي: "إيه رايك، يا باشا نِدِّي لك جايزة ترضية وتروَّح؟! "قاصداً دولاب الكؤوس والميداليات التي وضعها خلف طاولة الاستقبال كزينة جذب ويبيع بعضها إنما تذكار باسم النادي للاقتناء ولا تمثل جهة رياضية، لكنني فهمت سبب كثرة الشباب خلال هذين الشهرين السابقين للإجازة الصيفية حيث يأملون بأجسام مثلى ليلبسوا البناطيل والبوديات. عرض أجسام الصيفية التي سرعان ما ستنكس إلى خصور مفلطحة وبطون متكوِّرة وحنك يرتخي كما لو كان كيساً للوجه..

.. غيَّر ناصر من شكله حيث حلق شعره على الصفر، وأبقى سكسوكة مخففة درجة طول الشعر.. سألته عن هذا التغيير، وقال: "لزوم الشغل.."علَّق عليه المدرِّب: "أ هو دا اللي حَ ياخد اليوم الجايزة، سأَّفوله!" ضجَّت الصالة بصدى الأكف واصطكاك تروس الأثقال الحديدية على وقع بعض الأقدام على مطاط آلة الجري الثابت..

--

.. وقعت عيني مصادفة حال انتهائي من التمرين على

الساعة الثامنة الثالث، جلست أتحدث مع بعض الشباب المتمرِّنين أشرح لهم شدَّ عضلات البطن.. وإذ بمتعب يلوِّح من خارج زجاج الصالة. أومأت له، واستأذنت الشبيبة ورحت إليه. كان مضطرباً. لم يتكلم رآني تمنى عليّ الجلوس حالاً. طالعته..

: "إسمع أنت ما تعرف.."

.. أحدِّق فيه لأفهم ماذا يريد قوله..، فهل أستحثه..؟، صرخت بوجهه..

: "وش فيه..؟"

.. تلعثم وصمتَ منشغلاً يحرق وجهي بدخان سيجارته.. امتنعت من أن آخذ منه حين مدّ الباكيت لأنني بدأت أوقفه.. طلبت من النادل عصيراً وسألته عمّا يريد أن يشرب: "أي شي..!". طلبت له قهوة تركية المفضلة لديه، وربما لأنه مدخِّن.. مرَّنا ناصر وسلَّم عرَّفتهما ببعض، وجلس. ناظرني متعب نظرة تساؤل مبتذلة. ذهب ناصر بعد أن أخبرته عن موضوع نريد التحدَّث به وحدنا. ودَّعنا ونظرت إلى متعب يرشف قهوته يجول بخاطري عمّا يريد التحدث عنه.. اتصلت حنان، فقلت: "عريسك قدّامي..". سخرت من ممازحتي دون أن تعرف من أمامي بينما متعب أوشك أن ينهض، فأمسكت بمعصمه وطلبت منها انتظار اتصالي..

: "ليش كذا تحرجني..؟"

: "ما أحرجتك.. جالس حضرتك وساكت.."

: "طيب بتسمعني بجد..!؟"

: "لا بخالة.. "(ممازحاً مثل حنان)

.. مللت من تمنُّعه عن الكلام، لكن ظل يرمقني. عرضت أن نخرج من المكان رحنا لنمشي في شارع العروبة صرنا على الشارع المقابل فأشرت إلى My Way أو أن نذهب إلى بهو الشيراتون. استحسن الاقتراح الثاني وتوجهنا إليه. اتصل إبراهيم على جواله، فأعطاني إياه لأرد..

.. استعجب إبراهيم أنني الذي رد عليه توقع أنه اتصل عليّ عن طريق الخطأ، أخبرته أننا معاً، فطلب أن نمر عليه في البيت. لم أستطع أن أقول له شيئاً، فقلت: "جايينك "، التفتُّ إلى متعب وقلت محفزاً إنك ستنطق عند إبراهيم، فأخبرني بصاعقته أن والده اتفق مع عمّه ليزوجه ابنته لأنه ماطل في أن يختار واحدة فيخطبها له أهله، وأن أباه مادام التزم مع عمه فلن يتراجع. محملاً السبب إياي وأختي. انفعلت عليه بالسيارة كيف يريدني أن أنقذه من ورطة لتغرق أختي فيه؟. هل هذا التظاهر الاجتماعي محتمل فيما يخفيه من زوابع كذب إذا انكشفت؟.

.. ماذا لو جعل والده يتراجع في خطبة ابنة عمه حيث إنه عرض بديلة، وهي أختي ثم لا توافق عليه إن حضروا

73

لخطبتها..؟. أكثر من مرة أخبرته أن الأمور لا تؤخذ بالأمل دون قدرة عليه..؟

.. فعلاً، متْعَب إنسان متْعِب ليس لأهله بل لي ولإبراهيم.. كيف لم نلحظ أنه مع كبرنا في العمر تزداد متاعبه؟.

.. جلسنا في مجلس بيت إبراهيم كان أحد إخوته معنا، ومرَّ والده مسلِّماً، وجلس يحادث متعباً عن عمه ومشروع قام به مؤخراً مع إحدى الوزارات، فانخطف لونه تهامست أنا وإبراهيم في الموضوع الذي حكى لي فجأة عنه في السيارة مفضِّلاً أن نخرج أو لا نضغط عليه اليوم، وعرضت أن نذهب لنتعشى معاً ويرافقنا فهد أخو إبراهيم ليطمئن متعب في أن أحداً لن يفتح الموضوع أو يعلِّق عليه..

--

..: "هذا خويِّكْ مو بعارف وشي يبي؟"

بكثير من التأكد مؤشرة بيديها وهي تجلس استندت إلى لوحة مفاتيح الكمبيوتر، فانفتحت الشاشة تغطيها صورة بول مايلز مغنّي الأوبرا الصغير. كانت تتكئ على ثني راحتها وأخفت ابتسامة:

: "مين..؟.. هذا إنت يومك صغير..؟"

.. انحَرَجْت وباغتُّها بسؤالي عن مصير مقالها. الذي كتبته. هل هي مكلفة به؟.

.. أخبرتني أن صديقتها الشاعرة والصحفية مَي اقترحت موضوع تأثير وسائل التكنولوجيا عبر الوسائل الاتصالية في العلاقات الاجتماعية وتناقل المعلومات عن طريق طرح المواضيع بطرق غير مألوفة بين الناس، فعرضت الأمر واستجابت، لكن لم تخبرها أية تفاصيل بشأن موعد النشر.. أشرت إلى أنها خطوة جيدة لتساهم في مجال اجتماعي حيوي بعيداً عن الشرنقة الوظيفية حيث أخبرتها أنني أمارس تصميم بعض المواقع من أجل كسر الروتين والتدرب على معرفة خط سير تفكير واهتمام الناس..

: "على فكرة عندك استعداد عاطفي راح تهتم بأحد.." .

.. بعد أن نظرت ملياً إلى صورة الطفل بول المتطلع إلى أعلى ونهضت..

: "عندي استعداد عاطفي..؟!"

.. فكَّرت بكلامها جيداً وتذكرت من عرفت من فتيات: هدى.. العنود.. المضطربتان، ونسرين التي سددت بابها ما إن شعرت أنها تمتعض من تصرفاتي العنيفة كما تسميها..:

-"لا ما يصلح كذا مع البنات..، شف لِكْ شباب زَيِّكْ.." .

.. أي استعداد عاطفي، يا لمياء..؟.

.. إذا كان فعلاً، فلمن سيكون، وإلى أين سيصل..؟.

-6-

.. أصحو الخميس متأخراً ساعتين عن موعد العادة لصحو الدوام. أجد والدي يقرأ الجرائد تاركاً الراديو على أعاليه يرشف نعناعه، وأمي تلهو بنسيج تريكو بلون برتقالي لم تبن معالمه. صبّحتهما بالخير أشاح طرف الجريدة جهة يديه اليمنى لم يجبني إنما أومأ بحاجبين اعتليا جبينه وشفتين زمَّتا أنفه إليَّ أن أنظر إليها، فمازحتها: "بس لا تكون الأكمام طويلة تعرفين الصيف جاي.".

: "مين قال إنو لك، يا ولد؟"(نفياً حماسياً)

: "لا تقولين هذا لحنان تعرفين تلبس جاهز"

: "لا حنان ولا لميا.."

.. باغتتني غَضْبى كأن الأمر يتكرَّر عليها: "أجل لأبوي..". عاد أبي إلى جريدته متظاهراً بتقليب صفحاتها. طالعتْه بعتاب ماكر: "هذا لأخوك..". تعجبت ومسكتها من يدها..، ثم فهمت حين أغضت أنها تفكِّر بالإنجاب بعد توقف أكثر من 28 سنة. هي عمري كلّه على يديها تظاهرت بأنني أتدلع وأضع رأسي على فخذها كما لو كنت طفلاً يتغنج: "من حبيب طيفة.. أنا"، وناظرتني بجدية كأنها تتقمَّص: "لا عيب يا بابا، هادا أخوك ابعد عنه خلِّيه يقْعُدْ كويِّس. شوف راح يزعل منك.. هيا أبعد روح..!".

.. نهض والدي ليسكب نعناعاً له ضارباً أخماسه بأسداس..، دون أي حركة لشيء حولي قمت أتنهَّب خطوي، وألتفت ثم أرد طرفي خارجاً، فرفعت أمي صوتها: "اليوم ما فيه تأخير عشان ما يطلع أخوك مثلك". دهشت متوقفاً. رأيت لمياء تنزل الدرج، وبعض نعاس لم يزل يرشح بعينيها العسَلِيَّتَيْن المتورِّمتين

لا بد أنها قامت جلسة عزاء لروح سلمان، أشرت إليها أن تذهب إلى أمي، وحملت نفسي خارجاً..

.. واخترقني صوتها: "باكر أجيبه من دقن التيس".

--

.. ما بها أمي؟.

.. هل قررت الإنجاب مجدداً على أن الطبيب حين نبهها من ألم سيقانها خصَّ الحمل..؟.

.. أ هي تندمج في مزْحِها لتثير أبي أو أنها تنتظر غزله بها..؟.

.. إنني لم أستطع تفسير تلك الحالة إنما أتذكر عندما مازحت أبي بشكل استفزه وأشفقنا ألا تتمادى متظاهرة بأنها تخفي بعض مكالماتها عنا كأن تهمس في جوالها إذا وصل أو أن ترتبك إذا ما رأت رقماً اتصل بها. أغاظت أمي

والدي بتصرفاتها على أنه ونحن الثلاثة نعرف أن المتصلين عليها إذا ما كنا جميعاً في البيت إما عمّتي نادية أو جدتي صفية، ومرات نادرة تتصل صديقة لها تعرفت إليها منذ ولادتي في المستشفى وتقطعت الاتصالات بينهما، لكن مزح أمي ثقيل على والدي ويصعب فهمه. هل هو رغبة مكبوتة تجاه التمثيل أم إشعار لنا باختلال اهتمامنا بها؟. كما تشرح لنا لمياء.

.. ربما تحمل في نفسها طاقة لأن تتحمَّل تربية طفل أو طفلة آخرين بعْد، لكن هل شعورها بالذنب حيال نقص اهتمامها الغير مقصود بي وبحنان عندما كانت مقعدة في مرضها..؟.

.. وصلت محل ريبوك لشراء حذاء جري جديد لم أجد ما يعجبني، فمررت أحذية ميلانو. أعجبني حذاءٌ أسود لا يلمع أشعر أنه أنيق ببساطة وعملي، لكنه يوحي بأنه ينفع ما بين اللبس الكاجوال أو الثياب هذا ما شجَّعني أكثر لشرائه.. رحت إلى محل المصباح للعطور، وأخذت زجاجة عطر شرقي يتملى بالياسمين والكمبودي المزعفرة لوالدتي، فوجدت لديهم كتالوجات السنة الجديدة لمستحضرات التجميل أخذت منها نسخاً لحنان، كيلا تعتقد أنني لا أهتم بمثل هذه الشؤون الصغيرة.

.. التقيت مصادفة في الخارج د. عادل موشكاً دخولَ

79

السوبر ماركت سلَّمْتُ عليه، وسألني أن نأخذ قهوة سوياً مؤجلاً تسوُّقه وجلسنا في ستاربكس. تحدث عن أمور كثيرة لم يكن بينها أي شأن يخص الكليّة استغربت منه لم يشكّ من طلبة أو تكالب المحاضرات عليه، فواجهته بالسؤال. ذكر لي أنه ترك الجامعة ملتحقاً بشركة مختصة بمبيعات أجهزة حاسب آلي خط عملها بين دبي والرياض، وأنه هو المسؤول عن إدارته مكلَّفاً من مجلس الإدارة.

.. ودّعنا بعضنا ليتمكن من التسوُّق في السوبر ماركت باقياً أثناء صلاة الظهر داخلها ما إن أغلقوها أمام الهيئة.

.. ركبت سيارتي وأخذت طريق خريص على يميني سور سكن مستشفى التخصصي ثم عيادة الأسنان تالك، وآرا وصفٌّ مكتبات الكتب المستعملة، أخذت مساري يميناً لآخذ طريق القصيم.. مكتبة الملك فهد الوطنية التي قيل إنها ستتحول إلى ناطحة سحاب، ثم عمارة التعاونية والفيصلية بعدها مؤسسة جائزة الملك فيصل ثم يو بي إس البريد السريع وحديقة المرح على طرفها كافّيه دو باري الذي دعاني إليه ناصر مرة لأن صاحبه زميل أيام دراسته الثانوية.. عمارة الدهلوي على مفرق تقاطع القصيم بالتحلية الذي اتخذت نفقه لتطلع عمارة أبا الخيل وحديقة عامة ثم مطعم برغر كينغ فالخزف السعودي.. وشارع السيركون ثم أكبر صالة عرض للجوّال عيادات الحبيب ثم عراء.. فتخرج عمارة المملكة..

أخذت بعدها الإشارة يميناً لأدخل شارع العروبة بوجهي قصر الأحذية لم يخطر ببالي أن أمر عليه لا تروقني جِزَمُه ولا شباشبه التي يحبها ناصر، جاءتني رغبة أن أقف أمام مقهى My Way حتى تنتهي الصلاة لأحتسي قهوة.

--

.. حاولت خفض صوت الراديو M. B. C FM مخافة أن يسمعه أحد، والمغني المبحوح يمضغ لحناً يونانياً: "يا غايب ليه ما تسأل/أحبابك اللي يحبونك/ما يناموا الليل لعيونك.. ".

.. رفع الستارة الوردية النادل الفلبيني "إيرك" لوَّح بيده.

.. أخذت مكاني تحت المكيِّف ساحباً مجلة.. دخنت وانشغل ذهني بعبارة لمياء: "استعداد عاطفي.. راح تهتم بأحد".

.. تقلّ الحركة في الشارع ظهراً.. أرى هناك في الشارع الثاني أبا يوسف مطبقاً يده على شماغه رافعاً بالثانية مقدمة ثوبه ليجتاز الشارع سريعاً. أنظر إليه بيدي السيجارة بين إبهامي والأوسط، وأحكّ بالإبهام طرف ذقني. دخل أبو يوسف، مسن متقاعد من الحجاز هذا ما أعرف عنه يأتي أغلب أوقاته بين النهار والمساء موزعاً بالتناصف بين هذا

المقهى وبهو فندق الشيراتون. ربما ساكن في المربَّع المقابل للمقهى يأتي ويأخذ جريدة الشرق الأوسط والحياة. يقلبهما مع رشفات شايه أحياناً، يحدب على الجريدة متأملاً إياهما كأنما يتشهى صمْتَ الحروف لا قراءتها.

.. بعض الأيام الأخرى التي كنت أرتاد فيها المقهى كنت أرى على طرف البار يجلس شاب نحيل وأسمر بعينيه حَوَل يمسك بالكأس شارباً بيرة ساكراً بسيجارته..

.. دخل شاب طفولي الوجه يحمل كتاباً ضخماً معتدل القامة، وجسمه مفتول طبيعياً مُلْفت مرتَّب الملابس ودقيق الحركة في مشيته جلس على الجهة الواطئة من شمالي. فتح الكتاب، وقلَّب صفحاته كأنما يلاحق حروفاً تتقافز هاربة بيدين ناعمتين بهدوء عندما أحنى رأسه انسدل شعره، فأطبق براحته على جبينه، وأبحر في فيض الصفحات.. فجأة رنَّ جوّالي كان عالياً صوته.

: "وين رحت؟. ما انت جاي تتغدَّى؟"

: "إلا جاي تبغون شي..؟"

: " أيوه هات معك قِفصْ!"

: "قِفَصْ..؟!"

.. حاسبت وهممْتُ أن أقوم، فارتفع رأس الشاب وطالعنا بعضنا تركت له ابتسامة خطفاً وخرجت ذاهباً إلى البيت، لأعرف مدى تصاعد مزْح أمِّي المستمر هذا اليوم..

-7-

.. استرخيت قليلاً في الصالة العُلْوية بعد الغداء. كان الجميع مرحين أمي ووالدي حتى لمياء تبددت مسحة الجدية، وكانت تسابق حنان في كرْكَرَات، فارتحت لهذا كله. قمت لغرفتي فناديت حنان لتساعدني في تبديل بعض الأثاث إلى أماكن أخرى، فتجاوبت شارطة أن أترك لذوقها يؤتي ثماره. أخذت كتاب برامج مايكروسوفت لأحضِّر منه وأراجع بعض التطبيقات ونزلت إلى الصالة أمامي، زجاجها خلفها أشعة الشمس متفرقة والورق الأصفر الذي تمدد على وجه المسبح تشادَّ في تراكمه، لكن هواء يحركه ويفتح بؤراً بينها. أطلت في هواجسي: "عندك استعداد عاطفي.. ".

.. مرت لمياء تحمل سلة المخدَّات، ونظرت إليّ كأنما توحي لي أنها تلعب لعبة مع أمي سوف تخفي عنها إياها ثم تدق رأسي: "راح تهتم بأحد.. ". تذكرت صورة بول ونظرته إلى أعلى.. أردت أن أذهب لأراها في غرفتي، لكنني وعدت حنان ألا آتي حتى تأذن لي.. أغلقت الكتاب، وجلست أقلب محطات التلفزيون ولمحت قطة حول المسبح تحاول لمس الورق الذي يغطيه تعتقد أنه جسر إلى الأحلام.. أشحت ونظرت إلى التلفزيون ورحت أسرع التقليب..

(Nagham: يا واحشني وإنت جنبي/سبت قلبي..)

(الجزيرة: أعلن مصدر مسؤول أن الانفجارات غرب أم قصر..)

(M. B. C: لما تفك.. ما ح تسك..)

.. أقفلته والتفت إلى لمياء تنقل نفس السلة، لكنها تنثر منها ورداً على جلسة الصالة التي ورائي حول المدفأة وتغنّي بصوتها الذي يكاد يتخفَّى:

"عندي شعور ورْدَايا| تُرْقُصْ بالأغصان
حاسَّة بنشْوة عَصْفور| غَنَّى له الكَرَوان
آه.. لو تَعْرَفْ.. "

.. فجأة انقطعت عن غنائها الذي أتهجّاه التفتُّ، فلم أجدها، ثم ظهرت حول المسبح تنثر الورد على المسبح كله، ودخلت فاتحاً الباب الزجاجي، فهبَّت رائحة الجوري، وجاءت أمي تمشي بقرقعة شبشبها الخشبي، وهي تغني: "بتوَنِّسْ بيك.. وإنت معايا.."، فنظرت إليها لمياء تخفي احتقاناً هذا الذي يتبدى بغضبها من وردة عندما يثار في أحاديثهن لماذا صارت تغنّي الأغنية القصيرة..؟. كنت أقول لها إذا لم تعجبك هذه الأغنيات لا تسمعيها أو فليغلب حبك لوردة في كل ما تقدم أن لها وجهة نظر زمنية أو ابْقَيْ على ما تحبين من وردة لا هي.. مازحتها أمي: "حرَّمْت

أحبَّك.. "، فتصعد لمياء، وتعلِّق عليها: "القديم انتهى دوره يا لميا..!".

.. تحاول جهدها لتكسر تابو الامتناع عن الزواج في ذهن لمياء بعد وفاة سلمان، لكنها لا تريد أن تسمع، وأمي لا تكف فتقنع..!.

--

.. شكرت حنان لِما فعلته بغرفتي.

.. سحبَتْ مكان التلفزيون خزانة ملابسي، وأحاطته بالكرسي الطويل جاءت به من الصالة، وأخرجت رف الديكور الذي استماتت استبقاءه قبل سنة على رفضي سابقاً ثم نقلت أباجورتها إلى جانب الكرسي الطويل..، فشعرت بفسحة في الغرفة ولمست اختلافاً مضاعفاً حين جعلت المسجِّل فوق الخزانة تاركة سماعته اليمنى على الرف العُلْوي لرف شنطتي الرياضية، والثانية جعلتها بجانب الكرسي الطويل. مرت لمياء مندهشة: "شايف كيف التفاؤل ساعدك على التغيير."التفتت إليها حنان المشمِّرة عن ساعديها، وقالت بتهكم: "عَلْمِي نفْسِكْ.."..

.. يا حنان، لو كنت معنا قبل قليل لقلت: كفاها ما لسعتها به أمي..؟!.

-8-

.. هذا اليوم، بدأنا التمرين كالعادة لم يغب أحد، بل جاء أربعة لينضموا إلينا طلب منهم أن "يُسخِّنوا" ريثما ينتهي منا..

.. أكملت ما تبقى على الدراجة الثابتة، وقف ناصر قبالتي: "تصدِّقْ تعرّفت على واحدة أمس في اليورومارشيه". حين هممت بالكلام معه لمحت واحداً يقف خلف زجاج الصالة أماماً على الرصيف الخارجي ابتسم ثم راح، طاولت نظري فارتكز ناصر، واتكأ على مقبض الدراجة: "يا خي أحس إنها شي ثاني غير البنات..". كنت أهز رأسي وشددت على سرعة الدراجة، فانفضّ ناصر مبتعداً.

: "وش ذا، يا بو الشباب، كل هذا حماس؟!".

.. هي الطريقة الوحيدة التي تجعله يبتعد. اختنقت بكلامه أفلا تكفيني عبارات متعب وأخباره التي لا تخرج من هذا الفلك الهزيل مثل صاحبه!. ترجلت منها ورحت أمسح غرتي بالفوطة العالقة بكتفي، وهممت بالصعود إلى الأعلى لآخذ دوشاً. لحقني ناصر مكملاً ورائي: "يا خي، وش لون أتعامل معها ظنك..؟". خلعت التي-شيرت الغارق بعرقي، وسحبت جوربي بعد نزع حذائي، وناصر شاخص أمامي أنزلت الشورت، ولم يبالِ فلو كان متعب من إشارة فقط

يستشيط، بل ظل يتحدث لففت الفوطة حول خاصرتي، وتسمّرت أمام الدوش، أقبل ناصر مواصلاً حديثه متكئاً على بابه الخشبي الذي يتصافق حاجباً من الكتفين حتى الركبتين. وضعت الشامبو على رأسي والتهيت أصوْبِنُ جسمي اقْتَرب ناصر رافعاً صوته لأنني صرخت.

: "ما اسمع.. ".

.. رششته بالماء راح يعْرِكُ عينيه ويمسحهما بطرف تي-شيرته فتحت الباب وقبضت عليه بيدي كأنما أجهد طرفي عضديه وأدخلته راصاً جسمي كله عليه. كل المسام قابلت بعضها، وهو يتدافع، ويرفع رأسه ليفلت: "لا، يا مجنون ملابسي وخّر.. ". ارتخى ما إن طمأنته ألا أحد سيكون هنا لأننا الوحيدان اللذان يصعدان إلى الحمّام مبكراً، فلا يأتي أحد حتى بعد ساعة.. ساعدته ورفعت تي-شيرته، وهو خجل، فأنزلت الشورت الذي عليه، فوضع يده على منارته لم أعبأ بذلك لم تكن لي نية سوى أن أتأكَّد من صدى رفع الحديد على جسمه، ألقى بظهره إليَّ، ودلكته حتى أنني لم أحْدِثْ أي تغيُّر في حركة يدي بالليفة حين وصلت وسط جسمه بل نزلت حتى ساقيه وعدت أدراجي علواً إلى كتفيه، فأدرته ليواجهني، والماء يرشقني ما إن يتساقط على رأسه، فأجلو صدره بالصابون ويزيحه الماء. رفعت ذراعه وليَّفْتُ جانب جسمه صمت حتى ظننته خرس ثم رفعت يديَّ إلى

رأسه أدعك منابت شعره بالشامبو، وتقاطر الماء ليزيله أقفلت الدوش، ومسكت أطراف أصابعي ذقنه، وضغطته بحزة طفيفة، أعطيته فوطتي لكن ردّها لي وطلب مني أن آتيه بفوطته من الخارج.

.. لبست ملابسي بكل اعتيادية ومسّدت شعري بالجيل سريعاً، لكن تباطأ بتجفيف جسمه، ولم يعبأ كما قبل بأن يشعر بخجل كان الشرود يتملّكه..

: "انا بنزل تحت للمقهى..، أبَحْتِريك.."

: "جاي.. جاي.."(من بئر ذهوله).

--

.. وجدت إبراهيم في المقهى وضعت شنطتي على الأرض ملتفتاً إلى جهة موقف السيارات التالي لزجاج صالة النادي فلم أرَ ذلك الشاب الذي لمحته يشير بيده ويبتسم.

.. قال إبراهيم إن متعباً سيأتي بعد قليل، ونذهب لنرى استراحة اقترحوها الشباب بديلة للأولى. أومأت موافقاً على أن أرافقهما، التفتُّ أنادي النادل، فأقبل ناصر حاملاً سمات الشرود يشقها بابتسامة تغالب تدفُّق المياه على وجهه كما كان قبل الدوش..

.. لم أعتقد أنني فعلت شيئاً يستدعي ذلك الشعور، فلم

أطلب منه شيئاً إنما بادرته ليشاركني الدوش بدل الانتظار وإفغاء رأسي بكلامه. عرفته على إبراهيم..

: "إيش فيه، يا حنان؟"

. . :

: "ليش تصارخين..؟"

. . :

: "إيش فيها أمي..؟"

.. نسيت نفسي تركتهما رحت أجري إلى البيت. فاجأتني سيارة إسعاف تحمل في نقالتها أحداً من البيت. من هناك..؟.

--

.. كأنما أصابع من حديد صدئ تقبض بأسنتها رأسي، ولا أرى بوضوح سوى لمياء ووالدي حولي. سألت عن أمي. عدت إلى وجه لمياء بعد أبي رأيت ملامحها تذهب إلى ذلك الصمت الذي ألبسها أنيناً بعد فقدان زوجها.. ". . لا .. ".

.. لم أُجِدْ تحريك حبالي الصوتية وتراءت لي ممرضة تشد يدي، وتغرز شوكة ناعمة، فتفيض من عيني مياه الضباب. كأنما حول عيني رصيف تعشَّقه الطل على كورنيش جدة.. حي بقشان بيت أهل أمي.. الشارع الصغير الذي

وقعت فيه عن دراجتي واتسخ شورتي الأبيض. وقوفي في ذلك المساء ضائعاً بين أبواب البيوت الكبيرة عندما أضعت بيت أخوالي، وأضاعوني كل ذلك المساء. لا أذكر كيف وجدوني..؟. ربما جاء بي عم سعيد سائق الجيران يحملني، وأبكي.. لا أذكر كيف وجدوني..؟. إنما فتحت عيني أيامها مثلما الآن، أجاهد أن أفتحهما، ولا أستطيع..

.. لا أستطيع..

.. لا أستطيع..

.. أنادي باسم لمياء وحنان.. أنادي أمي بجزء من اسمها الذي تعلمته من نداء أبي إنما على طريقة ابن الرابعة والخامسة والسادسة..

: "طيفة.. طيفة.. تعالي!.. طيفة!

ما حَدْ يلعب معاي!..

طيفة.. أبغى أروح ماما صفيَّة!..

طيفة تعالي.. فيني بولة..!. طيفة!

خلّي حنان تعطيني حلاوة.. طيفة.. طيفة.. ".

.. دخلَتْ امرأة تلبس الأبيض لا آلفه تَحْمل ملفاً أصفر تسأل والدي: "عبد الرهمان صالِه المودليج.."، أشار مؤكداً إعادة اسمي ثنائياً: "عبد الرحمن المدلج"، رفعت يدي إليه، فمسكها ثم راح..

--

.. لم يسمح لي الطبيب بالخروج إلّا في اليوم الثالث مشدداً ألا أقضي الوقت كله في مكان العزاء الذي لم أحضره لا من المسجد ولا إلى المقبرة.. بقي والدي يستقبل المعزين بتماسك، لكن حنان كانت تنهار في الليل، ولمياء صامتة تعج بأنينها..

.. كلّمني إبراهيم أكثر من مرّة لم أردّ عليه. بعد أن جاء وعزّى في الأيام الثلاثة.. أقاربنا ليسوا كثراً. بعضهم منذ زمن آثر الابتعاد عن هذا الزواج المختلط بين المرقوق والمنتو كما تقول أمي. في اليوم الرابع لم تكن تشاركنا سوى عمّتي نادية التي أشرفت على البيت طيلة الأيام الثلاثة مسرِّية عن أختيَّ الحزينتين.

.. كنت أطِلُّ من غرفتي على المسبح أرى الأوراق الصفراء تحوم حول نفسها لأن السائق يتصيدها بالشبكة. ألتفت إلى المسجل بعد أن وثبت عيني إلى صورة بول وعلا صوته أكثر فأكثر.

.. هذه المرة ليس وحده بول يتقدم سارة برايتمان من بين الأنقاض..

.. الدنيا تتهدم.. الأعضاء تسقط تلو الأخرى..

.. كنت في وقوفي أرف أهدابي أشد الستارة من طرفها، وتبعث وردة نجوى لمياء بعد أن خفَتْ صوت بُول أتاح لوردة أن تحضر على غفلة من الكَوْرَس:

"ولا يصْعَبْ عَلينا| إلا الفُراق يا عْنينا
أيَّام عَلينا تِعَدِّي| وتمُرِّ زيِّ السَّحَاب
ناخُذْ مَعَاها ونِدِّي| مَحَبَّة وفَرْح وْعَذَاب
أيَّام بتُحْكُم.. "

.. لماذا جاءت تلك المكاوية على قولها؟..

.. كيف جعلت من ذلك النجدي الشقراوي يأخذها من بين الكثيرات؟..

.. في لحظة حجّ انتظرتها مزنة وعبد الرحمن وأهلهما، فقد كانا صغيرين ولكن كان الأهل يفترضون زواج أبناء العمومة والخؤولة، نزلت أفراد عائلة المدلج مكّة، فلم يجدوا منزلاً ليبيتوا فيه فرحب بهم عند باب السلام جدّي منصور في تلك السنة التي سمح لأهل نجد بالسفر إلى الحجاز بعد الدماء التي جرت في الوديان، وأخافت النسوان، وبطشت بالأعيان..

.. فقد أصرّ العم منصور كما يسميه والدي، فهو لم يره ولكن يذكره عن جده بأن يبقى جدّاي مزنة وعبد الرحمن عنده لأنهما صغيران، ويكمل الكبار حجهم حتى ينقضي، ولا زالت الليرة العثمانية لدينا نتوارثها بعد أن أبدله العم منصور بريال مجيدي من أجل المطوف الذي يستلمهم ويرشدهم في الحج.

.. ولطالما ذكرت أمي لطيفة أن ستها نجية (أم أمها)

غيرت اسمها بعد أن نجت بأعجوبة من مذبحة الطائف عام
1343 هـ، فقد أنقذوها اليامية (شباب نجران) مع آخرين،
وعادت بعد أن كانت تذهب للمصيف مع أولاد خالتها.

.. لم يستطع أميرها شرف بن راجح أن يصدّ الإخوان،
ولا مجيء الشريف علي نفع لشيء فقد فتح بعض أهالي
الطائف سور البلدة مستسلمين ومسالمين ولكن هجم
الإخوان، وخربوا المكان، وسرقوا الزمان..

.. البدو خانوا الشريف علي، وأهلها خدعتهم ظنون
السلام..

.. لا سلام مع الإخوان، فليس يعرفون إلا لغة الدم!

: "القرامطة ما عملوا زي ذولا الحنشل"-قال العم
منصور--

.. كأنما نجيّة بقيت ليتزوجها منصور، وأنجبا محمد
وخديجة وصفيّة، ولم يبقَ على قيد الحياة إلا الأخيرة،
فكانت من نصيب ابن خالتها الذي لم يرحل مع من رُحِّلوا
من عائلته إلى العراق والأردن بل هرّبوه بعد أن خافوا
اكتشاف أمر بقائه بعيداً عن الأنظار..

.. فقد تنبأ العم منصور أن مزنة لعبد الرحمن"هادي
طبايع الشروق"، وصفيّة لهاشم"النصيب يصيب!"، فقد أخبر
هاشم كيف أنقذوه أهل السليمانية الأفغان الذين أخفوه في
قافلتهم، عندما خافوا عليه من جواسيس الإخوان بعد مقتلة

ابن رفادة والأحرار فهربوا به إلى مصر عندها عرف أن أهله أجلاهم الغرباء: الإنجليز والإخوان، وأكد له العم منصور أن من أجلاهم أهل مكة.

: "اللي ما تعرفهم يلبسوا زي لبسنا ويتكلموا زينا" -قال العم منصور-.

.. لم تنجح خطة الأحرار ولا الشريف عبد الله ولا شيخ بلي ومات أولاد أبو طقيقة، فالحجاز لم يعد لأهله: "مين أهله؟.. طرش البحر؟".

.. ولطيفة تذكر حكاية الجمرة في لسانها كأنما كتب على أهلها الضياع، فهي تذكر أن أهلها ذهبوا إلى البعيد وقدموا من المكتوب عليهم، ولم يكتب عليهم إلا الترحال.

.. ترك الكنانية أجدادها الحجاز، وهاجروا إلى الحلم القصي.

.. عمَّروا إيبريا بعد أن غزوها، فصارت أندلساً تسع الوجوه والآلهة، والكتب والأذواق، تعصر التاريخ والقصور العاليات، والموشحات الموصولة بأذيال الحسناوات، وابن زيدون يحلب الذكرى مشتاقاً، وولاَّدة بنت المستكفي ترقص على أنغام زرياب، ويسكر الجنود والقادة.

.. تبدِّل العيون ألوانها، وتتعانق قلوب تخلط بين الصلبان والأهلة.

.. وإنما ستنكسر الأحلام كلها، فاللون الأحمر كان آخر لون نسوه، ولم يذكروه..

.. هربوا نفياً آخر..

.. عادوا إلى الجذور في الحجاز بعد أن مروا بتونس ومصر والشآم ونزلوا منها إلى أم القرى. تاريخ لم ينتهِ من الخلفاء والسلاطين، والمماليك والخاصكية، والعمائم والنمائم، والحرملك والسلملك..

.. آل البيت تفرقوا وعادوا..

.. غزالة مكة مخطوفة، ولا يعرف من خطفها، أو يعرفون ولا يسعون إلى سراحها.

.. ظل ينقل عنه والدي"البلد ما عزت على أهلها".

.. لم يعد الحمام إليها ولا الظباء..

.. خَلَت مكة من أهلها الصِّيد كما تنشد فيروز القصيدة، وتذكرها أمي بعسل يلمع في عينيها، وتغيب في ذكريات وحكايات تنسل من كل مكان في جلدها وتهيم:

"شوف فيروز بجلالة قدرها غنت لمكة!"

.. وأعـود أذكرهـا في كـل وقت، وفي كـل زاويـة مـن جلدي ترتعش المسام، وتخايلني الأظلة، وأبقى في السرير أتوسد ذكراها لولا ثقل الرأس الذي يؤاتيني بين لحظة وأخرى، فلا أرد على الضوء الخاطف من الجوّال كل حين سواء من رسالة أتى المؤشر أو اتصال ملحّ في تواصله..

95

. . فجأة أتخيل الغزالة لطيفة. .

. . فجأة تعود الأظلة من جديد. .

. . وجوه أعرفها وتلبس غير لبسها تجول حولي في الغرفة مشغولة تلك الأجساد والألبسة في طقس يمضي يدخل الجدارن، ويخرج من السقف والأرض. .

. . أفزع وأرقب كل الدواليب والأدراج تنفتح، واللاب توب يضيء بتحيّة الافتتاح، وأحذيتي تتحرك من صفها والكراسي. .

. . وجه جدتي صفيّة وهي لابسة عِمَّة صفراء وصديري أبيض وعباءة بنيّة وأصغي إلى صوت خلفها: "وصلنا يا شريفنا"، وهو صوت عمتي نادية شيخ الحارة، ولمياء ملتحية تعصب رأسها وتلبس عباءة بدوي، وحنان تمشي مشية حازمة ومنتظمة وتحمل بندقية معمرة، ونساء كثيرات بألبسة رجال متجهمات وبعضهن متحمسات وخلفهن تقاد عربة عليها هيكل خشبي تجلس عليه غزالة مبرقعة. .

. . لا ينظر إلي أحد، ولا ينتبه لوجودي الذي ما عاد وجودي. .

. . يردد العساكر وجموع الملثَّمات:

"يا قيس يا قيس

يا دقن التيس

الناس حجّوا

وإنت قاعد ليش؟"

.. وتلتفت إليّ الغزالة في عودة الموكب فيطلع وجه أمي باسماً وملوحة بيدها الطرية. عندما ركزت عيني ظهرت سارة برايتمان تغنّي بصوت فيروز:

"وكان شهريار يسهر كل ليلة
مستوحشاً فصار سجين ألف ليلة
وصار سجين الحكاية
وقلت للحكاية: ألا حرِّري السجينات
إنهضن، يا سجينات، أنا شهرزاد"

.. ولاح بين كثبان رمل تعصفها رياح تشير بطريقها عصا بين الأرض والسماء. وتنفتح جنبات الكثبان جحور تخرج منها أذناب ملوَّنة ومضيئة.

.. لا أرى في العاصفة الكثيفة سوى طيف.

.. طيف رجل يذكّرني بصورة خالي الضائع كما أجابوني عندما سألت صغيراً، وهو يلبس ثوباً قطنياً كاسياً جسده وجاكيتاً مخططاً لطالما خمنت لونه الغامق بنيّاً كان أو كحلياً في صورة الأبيض والأسود. يلبس غترة طويلة الذراعين، وتتدلى لتغطي كتفيه، وهو ينشد:

"جزيرتنا تنادي.."

وردة وكابتشينو

ثالث الباب:

جمْرَة الأنفاس

وردة وكابتشينو

100

أبو يزيد البسطامي (ت. 261هـ/ 875 م):
"الناس بحر عميق، والبعد منهم سفينة"

وردة وكابتشينو

-1-

.. التبس وضعي لعدم ذهابي إلى حفل زفاف متعب، فرجوت أن يكون متفهماً، لكن هذا ما وعدني به إبراهيم لئلا يعتقد أنني أشْمَت به حين سددت طريقاً توهَّم فيه خلاصه. ليته يدرك تعبي بعد وفاة أمي..

.. لم تتركنا عمتي نادية، جلست أكثر الوقت معنا كانت محرجة من أنها تريد الجلوس، لكنها لا تستطيع ترك أطفالها. شكرتْها لمياء وقدَّرت لها ذلك.

.. والدي استأنف أعماله وسفراته، لكنه صار يمضي أطول وقت في جَدّة هارباً من ظلال أمي. حنان تتعلَّق به لتذهب إلى جدّتي صفيّة. أما لمياء فبدأت تتصاعد عندها حالة الفقد وتتضاعف بذنب عجزها عن تحقيق أمنية أمي بأن تتزوج لئلا تسجن المرأة كل حياتها في تجربة لم تكتمل شروط حياتها..!.

.. عدت إلى محاضراتي في الكليّة وشؤون طلبتي، وارتبطت بتصميم مواقع ومحاولة اقتراح برامج بناء على

اقتراح إبراهيم حيث ظل يراني فرس سبق يرعى أسهمه عند مديره. متعب لم نعد نراه كثيراً، يتصل بشكل متقطع تطول فتراته، ولم أشعر بفقد إنما كسبت إبراهيم إلى جانبي بشكل مرن ومنفتح دون توتر كان ينال علاقة صداقتنا من تصرفات متعب حينها..

--

.. صارت الأيام تمرّ، ولا يجلس إلى طاولة الطعام سواي ولمياء. أحياناً يشاركنا والدي متصلاً من جَدّة ليطمئن على أحوالنا ويطمئننا على حنان، طالباً منا أن نؤثر عليها لترجع إلى الرياض لتشرف على شؤون مشغلها. كانت لمياء تأخذ السماعة وتتكلّم مبتسمة تدفعها رياح النشيج الذي يسيطر عليها، فتودعها بسرعة معللة أنني أريد أن أحدثها، حاولت أن أحافظ على توازني، فأشجعها أن تأتي إلى الرياض حيث نحتاجها بيننا، فالبيت بدا يفتقر إلى لمساتها، وكلّمْتُها عن تدشين فرع جديد لمحل "وجوه" في شارع العليا العام لعلها تغرى، ظهرت بقليل من التجاوب، وهذا يشكّل بادرة مطمئنة ثم وعدتنا أنها ستأتي المرة القادمة إذا ما جاء أبي مؤكدة اشتياقها لنا..

--

.. صعدت متثاقلاً إلى غرفتي سبقتني لمياء إلى غرفتها.. أصعد درجة وأطالع باب غرفة حنان مغلقاً وباب غرفة أبي مغلق أيضاً..

"أنا عايزة مُعْجزة| تِنْجِدْني مِنِ اللي فات

أنا عايزة مُعْجزة| تِمْحي لي الذِكْرَيات

واحنا في زمان يا روحي| ما فيهش معجزات"

.. تعلُّق لمياء بوردة ورثته من أمي بل تكاد وردة تعوِّض المرح المفقود بين جدِّيتها وعقلانيتها وتعاملها معنا. بناء على تعبيرها الذي يروق لي: "كائنات نفسية.." . إنما الغريب لم تستطع تجاوز نفسها إلا بقدر يسير، وتكاد تهرب من ذاتها عندما نثير حديثاً من نوع أغنيات وردة في مرحلة ما بعد التسعينات. أمي تتقبل ذلك التغيير: "شوفوا لمَّا مشيت طريق ثاني كل اللي بعدها لحقوها.." .

.. الآن، فهمت..!

.. ربما خافت أن ينتهي الشذا أو يتناسونه، فراحت تزخُّ أجمعه..؟. مثلما فعلت أمي قبل مماتها راحت تفكر بالإنجاب بل صارت تتحدث عن طفل سيجيء بعدي.. أو تشير إلى ما سيَكُنَّ عليه البنات من بعدها أو شعورها فيما ليس يَكُنَّ عليه بعدها..!

.. ربما لمياء من أولئك البشر الذين يشعرون بمدى ضآلة مشاركتهم الاجتماعية باعتبارهم في منزلة لها انتقاؤها

الخاص من المِيَز الأخلاقية والمواقف العقلية تبعدهم لزاماً
عن كثير من المنزلات التي تكاد تجمع الآخرين في سلة
واحدة؛لذا لم تكن بسهولة ألا تمانع في تقبُّل تغيير درجة من
درجات الحياة على نفس النوع، هذا ما تراه أمي بخبرتها
وتجربتها في الحياة أو ربما الألم الذي فاجأها وأقعدها على
الكرسي المتحرك خمس سنوات.

.. أليس يشبه ذلك غياب وردة عن الغناء حيث تزوجت
وأنجبت وغابت عن مصر لسنوات..، هل واتاها ألم
ابتعادها قسراً عن الغناء..؟.

.. رسمت وجه حبيبها بليغ الذي غنى لها: "بعيد عنك
حياتي عذاب".

.. ربما الآلام تمر على الإنسان لكشف قدرته ومهارته
في التعامل مع درجات متنوعة في الحياة من المواقف العمرية
والأحاسيس النفسية.

.. استوعبت ذلك الكلام في لحظات انهياري الغريب
تجاه فقد أمي. ربما لإجهاد مضاعف في التمارين وانهماكي
النهاري في الكلية من محاضرات ودروس وإشراف على
تطبيقات عملية للطلبة أو تأنيب ضمير لأنني لم أوقِّع على
بيان مناهضة العدوان على العراق، حين طلب مني د. محمد
ورأيت جنازير الدبابات تسحق من هو تحتها من المدنيين..
والمتطوعين لحمل الموتى ومشاهدتي لسيارة الإسعاف أمام

البيت والأيام الثلاثة التي جرفتني على حد ربوة شاهقة شعرت أنني أُدفع في تابوت قرمزي موشًّى بأوراق الليمون. ينثرون عليَّ مناديل معقّمة ويلوِّحُون إلى السماء. يتركونني بلا حراك في تابوتي يتأنى بين الصخور الصغيرة ليتزحلق إلى الهاوية. أنفاسي هادئة. أحاول أن أرفع يدي لأشكرهم، وأتطلع للواقفين..

تابوت الملك على عربة يجرها رجلان،
غرترود، كلوديوس، أوفيليا ولايرتس،
هوارثيو، وبولونيوس، هاملت!. كورالات،
أصوات مدافع، خلال ذلك يضعون التابوت
على الأرض!. ويلقون بالزهور فرداً فرداً، كل
واحد منهم يلقي الزهور بطريقته، ويخاطب
الملك بشكل ارتجالي!.

هاملت:

ذات مساء قررت الفراشة الحائرة أن تسافر مع
المويجات إلى ملائكة المراكب على حافة البحر!.
حيث يتكئ الملك العادل على الندى، حاملاً "كتاب
الحكمة"!. لم تستطع الفراشة أن تخبئ ضوءها عن
عين الملك، ارتعشت رعشة ضخمة جعلتها تتحلَّق
في ذلك الفجر لتصبَّ لك ما في فمها من النور في

فم الملك لينام أبدياً على مركب مترنح ليس من ورائه عودة!

صمت طويل..

أيُّ ترابٍ سيُهِيْلُونَ علَيْك..؟..

أيُّ ديدان ستأكل جسدك..؟..

من سيَلْبَسُ تاجَك..؟

بالله عليك لأية أرض مشوَّشة تتركني؟!."

.. تتقدَّم لمياء، وأبي يمسكاني ويرفعاني، وأنا أهذي باسم: "طيفة.. طيفة. طيييييفة..!".

.. هل اهتز مخزون عمري وأراد نبش تاريخه الذي لم يكتمل وهجمت عليه التبدلات بكل تشظِّيها الاجتماعي من إرهاب التقاليد وصدإ الأعراف؟.

.. هل حدث حيث لا قانون سوى الأشباح ولا أقسام سوى الكراتين..؟.

.. كنت قمراً أوَّل ولادتي، ونمَوْتُ بين فصل أحضان أمي، وحوض المدرسة. إنها بداية تأكيد الانفصال من الرحم الأولى التي لا تعرف إلا سُرَّة الأم، لكن عطارد يدفعني من بعد إدراكي لشخصيتي، وتلمُّس معالم الطريق الأولى يدفعني إلى الناس المجايلين لي. أبحث عن ذاتي فيهم وكيفية إرادتي ورغبتي التي أذكر حينها لمياء حولي التي لم تستخدم أي سلطة بل فرصة القرار تُرجع لي ما ساعدني على الهدوء

والتفكير. موثقاً علاقتي بالأصدقاء. اخترت إبراهيم و"متعب". حينها صرت أشتم أنفاس كوكب الزهرة بكل وجوهه عشتار.. فينوس.. العُزَّى.. لأقطف الصدق والصراحة لأضع وجهي على حد سيف الشفافية.. كذلك لتنبهي إلى الجمال الذي لا ينفد وجه الطفولة/البراءة بوجه بول مايلز..

.. إن شروق الشمس بات يعني لي شيئاً خاصة في السنتين الأخيرتين.. أشعر أنها تثبت قدمي في أرض خيار حياتي، وأحس أنني سيد نفسي. أتفهَّم العالم الذي حولي، وأعرف التعامل معه، وأبني وجودي دون إعارة أحد مساراً ليعرقل حياتي حيث لا أزاحم أحداً فيما لا أستطيع.

.. بتُّ أدرك أن ما هو مستحيل على الناس يصير ممكناً عندي، والمستحيل عندي هو الممكن عند سواي..

: "عبد الرحمن، كيف الحال؟."

: "أهلين لمياء..!"

.. نهضت من استلقائي احتراماً لها، ولعبارة: "كيف الحال؟" التي تنبئ عن أمر تريد أن تطلبه أو تكلِّفني إياه، لكنها مرتبكة فيه تحمل بيديها ورقاً توقعت حالاً أنها تريد طباعتها مثل نصوص تكتبها أو مذكرة بحث لأنها قلما تجيد التعامل مع الطابعة، لكنها أعطتني الورق، وطلبت أن أقرأه، وهي جالسة عندي.

//علِّمْني الفرح. علِّمْني الألم//

.. لماذا نختار آلامنا، وليس أفراحنا..؟.

.. هل الفرح ضعيف لا يحتمل أن يصمد والألم أقوى..؟.

.. أي قوة خلف هذا الألم الذي يساعد على إفراز سوائل طائلة هي الدموع يطردها الجسد إلى بهو الحياة..؟.

.. أي ضعف يكوِّن هذا الفرح الذي يمرُّ، ولا يلمسنا إلّا مثل الرياح العجلى، فتأخذه في سفرها وتفتته الحياة..؟.

.. الألم يتجسد في العزلة.

.. الفرح نحلة بين الجماعة.

.. الألم يعلّمنا الهرب كلما استوطن وعزَّ تركه لنا.

.. الفرح نناديه من سفره حيث لا يعرف مقاماً، ولا محلاً بيننا.

.. ماذا نريد من الفرح، ولا نريده من الألم..؟.

.. مفرداته-أي: الألم-منفِّرة، مؤذية وموجعة نمنحها السلطة السلطة ونكتب الأغنيات ونغنّيها من أجله نصبح قنوات تركع لتحمله، تسجد له ولترفع له بخور أنفاسنا..

.. أيها الألم، ما أقسى تجبُّرك..!.

.. مفرداته-أي: الفرح- جاذبة، خلابة ومطربة. تمشي بلا تاج، وليس تحمل صولجاناً..

.. أيها الفرح، ما أضأل وجودك!.

-I-

.. الإنسان حين يتألم يغلي دمه وترتعش مفاصله ويشده الوجد ويطوقه الفقد ويشلّه الخيال المذبوح على أيدي السلطان الكبير المتعاظم: الفكر!.

.. كيف يتحرك وهو مذبوح على سماحة الفكر..؟

.. من أين ينجو، وهو مسلِّمٌ نفسه طائعاً خاضعاً لحضرة جناب الجلّاد المبجّل الفكر..؟.

-II-

الإنسان حيث يفرح، ونلاحظ التألُّم=التفعُّل دالة على تكرار الأمر بينما الفرح=الفعل دالة على فعل بمرة واحدة، وهكذا الفرح عند الإنسان يجمد دمعه ويرتجّ صدره طارداً قهقهات، وحركات لا شعورية بل هي ناتج صدام عصبي غير متزن والخلل يعمر أرجاء بدنه، فقد ينقلب على قفاه من الضحك-كما التعبير الكلاسيكي- أو تتلاصق أمعاؤه من سحب وضغط وزفر الهواء حتى نهاها دون أن يهتم الفكر!.

.. كيف له أن يغفل عن هذه اللحظة ويتركها بداداً..؟، فلا يمسك بها كما يعض نواجذه على الألم بشهوة القيد، وكبت الروح..؟.

.. كيف له، وليس للإنسان أن يدلّه ليحف ويحتفظ بهذا الشعور الطارئ مثل: الألم!. إنما يُفْلِت منه آلية استبقائه وإعادة تكراره..؟.

ومضة فيزيائية:

.. الألم: يطرد السوائل.. التعب مثله كذلك والإجهاد [الدمع، العرق].

.. الفرح: يطرد الهواء.. الشبع مثله، وليس بكل حال [الضحك=القهقهة والضراط].

-III-

.. الألم يُطْرد، لكنه يجد مأوى ويساكن الروح، فلا خوف عليه لذا يتجبر، ويعبث ليمد بالدمار، ويتفنن بالخراب.. ما أعتاه!.

.. الفرح يُطْرد، لكنه يرحل ويغترب شريداً، فلا يذكر لذا يهزل، ويضعف ليترك في صراعه مع المرض، والعوَز. لا يموت ما أكبر تحدّيه..!.

.. لماذا لا يموت ويبقى ليصارع الألم..؟.

.. يُسْلب منه حق الإقامة، فيتشبَّث بالمواطنة التاريخية وينشد فردوسه، ويشعل أصابعه ليضيئه!.

.. يهتك كل عرضه، فيلائم تفاعله والوجود، ويرشق بالسموم وينضح دمه صارخاً:

أنا باقٍ..

أنا باقٍ..

أنا باقٍ..

.. فهل الفرح يقوى لأنه ضعيف؟.

.. وهل يضعف الألم لأنه قوي..؟.

.. مَن أعطى لكليهما هذين الوصفين؟. مَنْ سمَحَ للُّغَة أن تَقْبل هذا الاغتصاب الدائم؟.

.. إنها غبيّة وساذجة متطرفة في انبساطها، ولا تخص أحداً إلا بشيء وينفضه لأنها مثله بلا معنى..

-IV-

.. هذا التأليه اللغوي من يواجهه..؟.

.. الزمن والمكان مع الإنسان يشكّلان المعنى الضائع.. أو المُضَاع..

.. أين هذا المعنى طيلة الحياة وإشكال الوجود..؟

.. من يختار الألم وليس الفرح..؟.

.. أو مـن يـحـتـمـل عـلاقـة مـع الألـم أو عـلاقـة مـع
الفرح . . ؟ .

.. من يُبَرْزِخُ ذاته قليلاً؛ لكي يَفْعَلَ شيئاً . . ؟ . //

-2-

.. شددت الورق بعضه إلى بعض.

.. رفعت انحناء الثانية لئلا يكسر الضوء تمييز الحروف، الكلمات والعبارات المدهشة. عجلت بخطف لمياء، وعدت للورق.

.. كانت تتكئ براحة يدها اليمنى وملتفتة إلى رأس الأباجورة المطفأة، وتنظر إلى حرف A المنسوج على غطائها. رفعت رأسي وهتفت:

"فظيع يا لمياء.. ".

.. تبدَّل ارتباكها بسمة ندية. شعرت أنها تغسل أيامها وتدوِّر أحزانها بالآمال.

: "لازم تنشرينه.. مهم تنشرينه..!"

: "مدري، ما فكرت بس، وش رايك صدق؟"

: "قول لازم تنشرينه خلِّي(مي) تشوفه!"

: "الأسبوع الجاي بقابلها وأشوف.. "

.. وضعْتُ راحتي على كتفيها واقتربت لأحضنها، فوجدت رأسي على صدرها. تذكرت أمي وكيلا أحزن وأشد لمياء إلى سلالم الذكرى تخيلتها تبسم لنا مرّت بجانب الستارة طالعتنا، وأطلقت زفرة التعب، ورفعت يدها، ثم مشت في طريق نوراني قصي تتخفَّى ظلالها فيه، كلما أشعلت

الأباجورة، وتوجَّه نورها إلى أرض غرفتي شعرت أنها أطياف حوافِّ كُمِّي أمي..

.. أوهِ، يا لمياء.. أجمل الأخوات!

.. إن البشر سيحبونك بل هم في فضاء حبك والمحتاجون إليه في حياتهم. انقبض وانفرج نفَسُ صدرها عندما مازحتها أن وردة ستفرح بها، ربما بهذه المقالة التي كتبتها على حس أغنياتها تجعلها تعاود الغناء بعد توقفها ورحيلها إلى الجزائر الذي تقرنه لمياء بوفاة أمي..

.. تحوط يدها اليمنى جانب وجهي وذراعها تحجب فمي، فقبّلته، وهي تشد أنفاسها صوت الجزائرية:

"غنوا وحِبُّوا.. جِبُّوا/ قولوا معانا يا ناس

خلِّيك، يا جَرْح بعيد..!"

.. أزحت رأسي لئلا يربض على أنفاسها، ونظرت إليها شاداً على يديها لتكون بين يدي. ظلت تغالب وهن صوتها ومداه:

"سافري، يا أحزان/ ما لكيش ما بنِّا مكان

ساكِنْ قلوبنا أمان.."

-3-

: "إزيّك يا عبد الرحمن، وإزّاي الأهل؟".

.. شكرت المدرب فتحي، وامتننت لحنو سؤاله كله حيث اهتم بي، واستأنفت التمرين. كان في الصالة إزعاج خبط أثقال الحديد على بعض في جهاز تمرين عضلات الأطراف كأنما متدرب غالبه التعب أو لا يحسن رفع الثقل القادر عليه، فالتفت فتحي، وذهب إليه. ساعده، وما عدنا نسمع ذلك الخبط..

.. سلَّم ناصر علينا وانضم للتمارين:

"سلامات، وينك..؟"

: "لا أبد، ظروف ورجعت."

.. طلب منا المدرِّبُ أن نؤدِّيَ تمرين شدِّ عضلات البطن ثنائياً. أحدُ يستلقي على الأرض ويثني ركبتيه ويرفعهما قليلاً ليتطابق باطنا الساقين مع الفخذين، ويُحْكِم المطابقة المتدرب الثاني ثم يبدلان دورهما. بدأت بالتمرين. كان ناصر يضع يداً واحدة على صفحة قدمي، وهو مزيح جسمه قليلاً على جانب جلوسه على ركبتيه جاء المدرب وعدَّله ليوازي طرف ركبتيه حدَّي وركي، ومع تعاقبات ارتفاع جذعي، وتدافعه إلى الأمام كان يشد ناصر بيديه حتى تعدَّتا ركبتيه موازاة وركي وصار جذعي بين فخذيه..

: "STOP، يا شباب!."

.. أرخيت تلقائياً من جهد فخذي على فخذيه، ومال بجذعه متكئاً على راحتي يده، ثم أبدلنا مواقعنا، وحاول أن يستعجل بالتمرين ربما لجذب انتباه المدرب إلى براعته أو ارتباكه، فأحس بشد عضلي في جانب أعلى فخذه على مقربة من باطنه، مددت يدي لألمس مكان الألم، ودلكته له. جاء المدرِّب ورفع ساقه ليرخي العضلة دافعاً لي لأكمل. غطَّى ناصر وجهه بذراعه لئلا يرى الألم الذي يشعر به!.

.. اضطررت وأنا أمسِّد العضلة أن أَمَسَّ طرف صُرَّته، فتكدَّست نظرة منه حتى كاد الشرود يقتادها بعيداً، لكنني نهضت، وسحبت فوطتي وسبقته إلى الحمّام. إذ سمعت المدرِّب يطلب منه الإبقاء على رفع ساقه إلى الأعلى بعض الوقت.

.. فرغت من الدوش ملْتَفّاً بالفوطة، دخل ناصر مُجْهَداً. كان يقف هناك شاب عند باب أحد خزائن الملابس. عرضت على ناصر أن أساعده. هزَّ رأسه بإيجاب، وأخذت فوطته من الشنطة، وأفلتُّ رباط جزمته وشدَدْتُه من ذراعه ليقف، ورفعت تي-شيرته ليتسنى له خلعه، لكنه نصب ذراعيه لأكمل، ثم دفعته إلى الحمّام فوقف. نزعت فوطتي علَّقْتها على المقبض الجانبي، ودخلت معه، أنزلت شورته فتحت الماء الذي هدر على جسمه، مددت يدي إلى رفِّ

الصابون، فرجع على جسمي ما أطبق ظهره على صدري، ثم رددْتُه لئلا يضايقه لمْس جسمي، فانتهيت من ظهره وأدرته وبدأت أصَوْبِنُ كتفيه وصدره، فوضع راحة يده على كتفي ورفع ركبته ورحت أصَوْبن باطنها، فأسند قدمه على رأس صنبور الماء ودفعت يدي لي أصل إلى الجزء التالي لسرَّته حتى ورائه، ثم أنزلت ركبته من استنادها، فأدار جسمه وطلب مني أن أدلِّك أعلى فخذه من وراء.

.. بدل أن تكون يد واحدة حوَّطتهما باليدين بنَفْسِ التدليك ما جعل إبهاميَّ يتقابلان، ويغوران ما بينهما. بدأ يحني جسمه ويرفعه، وما كنت أبعده من جسمي لئلا يضايقه وجدتني أول ما أدفعه مني وطوَّقْتُه بذراعي..

..

..

..

.. ثوران يتلاطمان تحت الماء حتى دوّى خوار في لحظات متصاعدة ومتلهِّفة الأنفاس. كان يشدُّني من ظهري بيده اليسرى ويقبض على ذراعي اليمنى بيده لنتناوب على منارته فيما زاحمت منارتي مجرى الماء إذا انفلق أسفل ظهره.

.. اختلط الماءان ماء الحياة وماء قَلْبَيْنا، فانتهينا من الدوش معاً، وخرجنا..

.. لم أبالِ بالشباب الذين كانوا يتمازحون جهة خزائن الملابس، وبدأت أخرج ملابسي، وتبعني ناصر.

.. كالعادة، سبقته، وبقي هؤلاء الشبيبة يمطّون الوقت بالأحاديث تحت عرقهم وانتظار الدوش لهم..:

"يا اللا بحتريك تحت..".

.. ألقيت عبارتي ونزلت.

--

.. استلمني بالكلام المدرب فتحي ليؤكد علي عدم إهمال التمارين، وأنه سوف يرشحني لأدرب ساعة بعض الملتحقين الجدد. أخذنا الحديث، فمشينا باقتيادي صوب المقهى، فاتخذت مكاناً وركنت الشنطة على كرسي وظل متكئاً على مسند الكرسي، وهو يحاول إقناعي. صمتُّ لهدير كلامه كأنما يريد أن ينفِّس أكثر من أن يدعوني لقبول عرضه، فالتفت في أحد سكناته لأشير للنادل. سقطت عيني على نفس الشاب الذي رأيته داخلاً بكتابه في My Way، والذي رأيته يقف خلف زجاج الصالة ذات مرة ويبتسم ضاحكاً مع صاحبين يشاركانه الطاولة..

: "Yes, Sir"

: "Orange juice please، إيش تشرب، يا أستاذ فتحي..؟"

وردة وكابتشينو

: "لا، شكراً مش عايز.."

.. جاء ناصر وجلس ارتفع رأسه إلى النادل، فقاطعه
المدرب: "إزّاي الشد العضلي..؟". أزحت كرسيِّي إلى
الوراء ليكون قبالتي مرأى ذلك الشاب دون حاجة لألتفت
حيث التهيا يتحدثان عن الشد العضلي وضرورة التسخين ما
قبل التمارين..

.. هناك، رفعوا أيديهم لتصفق راحاتها. ربما قال ذلك
الشاب شيئاً أعجبهم، فأشار بصفقة الكف.

.. شباب يدخلون المقهى وغيرهم يخرجون وآخرون
يحملون شنطهم إلى النادي يدخلون، وشباب هناك إلى
طاولات المقهى..

.. آخرون في سياراتهم يهدِّئون المسير يطالعون من
جالس هنا أو هناك أو يتشوَّفون من في المقهى أو في صالة
النادي المكشوفة ثم يمضون.. انتبهت إلى ذهاب المدرب،
والتهاء ناصر بجوّاله. مسكت المصاص أديره بهدوء داخل
العصير رنَّ جوّالي مصادفة شد انتباه ناصر، فتظاهر بعدم
الاكتراث..

: "هلا، وينك؟"
: ...

: "ورا ما تجي.. قاعد في كوفي شوب النادي.."
: ...

121

: "يالّا باي!"

.. أقبل شابان يمشيان نحونا لم أعِرْهما اهتمامي، فسأل أحدهما بأدب:

: "الأستاذ عبد الرحمن.."

.. رحّبت بهما وعرّفا بنفسيهما، وأردفا أنهما طالبان عندي في أحد برامج تدريسي في الكليّة.. استأذنا بلطف ثم ذهبا. رأيتهما يتوجَّهان إلى الطاولة التي عندها الشاب-شاغلي-، واتخذا مقعديهما. وجهه يذكرني بملامح مألوفة أو أنها في ذاكرتي تتداعى كصورة بلا دماء. إنما لم أدفع بنفسي لأدرك آين تبدت لي تلك الملامح؟.

.. صافح إبراهيم "ناصر" إثر وصوله، وبدأ أول كلامه معلِّقاً على ذراعي ناصر:

: "وش ذا ما شا الله!"

.. ابتسمتُ له ودفعت شنطتي إلى الأرض ليجلس..

: "والله انكم تخوفون.. تشيلون حديد والا تاكلونه؟!"

.. قهقه ناصر، فأجاب بأن نذهب لمشوار بعد أن سألته إن كان يريد أن يشرب شيئاً.

--

.. مررنا البيت لأضع الشنطة، وجدت لمياء وحدها

سألتها إن كانت تريد شيئاً، رفعت يدها كأنها تمشط الهواء بِ: "لا . . ".

. . ركبت معه لم أعرف، أين وجهته؟. لم أسأله، ما اعتدنا نسأل بعضنا. ربما تفاهمنا لمرحلة طويلة من العمر جعلته يتفرس بما ليس يزعجني أو باعتبار أننا نواجه الأحداث نفسها، والظروف متعاونين عليها. وقف عند التموينات ليشتري دخانه. طالعت الصيدلي تذكرت أنني أريد بعض الفيتامينات، وعنَّ بذهني أن أمرُّ على جي إن سي في شارع الثلاثين. شعرت بصمت فادح في السيارة دفعت الشريط، وشهقت بابتسامة حال ما سمعت صوتها عليق الأمنية:

"يا قلبي كنا بنتْمَنّى نعيش|زمَان غِيْر أيِّ زمان
زمان ما فيهش ولا دَمْعَة| ولا فيه سَهَر ولا. . "

. . ركب، فأخفضت الصوت، وانشغل يفتح باكيت دخانه، ورحت في مدرج هاجس هذه المرأة الجزائرية الأب، اللبنانية الأم، الباريسية المولد والقاطنة في مصر. كيف أضافت لها تلك التعددات الجغرافية والتعرجات المتوسطية، بل في حياة صوتها منذ وعيت وأمي لا تغلق مسجل البيت من عبيرها، وشدوها معها، بل حتى أنها عندما كانت مُقْعَدة كرسي مرضها تفرد أشرطة وردة التي جمعتها منذ السبعينات من تسجيلات شارع الخزّان أو الحِلَّة واستيريو طلال كذلك

استيريو ريم إلى حديثها عن حضورها حفلة لها في السبعينات، وغنّت: "وماله.."، فكانت تتمنى التصوير معها، لكنها كانت تحت حراسة مشددة، فلم تتمكَّن أمي من ذلك إنما صورت مع ليلى نظمي مغنية: "الطشت قال لي"الساخر منها أبي عندما سمعها تروي القصة، ولم تكن تعير سخرية والدي بالاً لأنها تسوقها من أجل ذكر وردة، وليست ليلى سوى ذريعة لتتخيَّل أمي أن الواقفة بجانبها وردة لا ليلى..

.. انتقلت هذه العدوى إلى لمياء التي عزلت وردة عن بعض أوراقها حين كانت تكاد تنزع وترفض هذه الأوراق الصغيرة التي ستكبر يوماً وتزين غصنها.

.. لم يتحدث معي إبراهيم إذ بعد أن بدأ في إشعال سيجارته ردَّ على جوّاله ويتجه من طريق العروبة غرباً ثم يدخل طريق صلاح الدين أو الملك عبد العزيز ذاهباً باتجاه الجنوب متعدياً إشارة شارع أسواق الدائرة أو ثلاثين السليمانية، وانحرف إلى اليمين من الثانية، فصرنا في شارع الضباب. توقف عند محل الجوّالات..

: "شوي وبرجع تبي شي.."

نفيت بصوت لا بكلمة..

.. عاد بسمّاعة لجوّاله ورمى عليّ واحدة على اختلاف

ماركاتهما. شكرته ومضى، طلبت منه أن يمر (جي إن سي) في الثلاثين.

: "أبشر.. بس أخاف بعد أسبوع ما أعرفك.."

: "يا خي، ليش فاهم الرياضة كذا؟"

: "طالع شكل جسمك والا خويك تو.."

.. تذكرت ناصر، وأنا نازل إلى المحل. لست أحتفظ برقم جوّاله. كنت أريد أن أسأل عمّا يشعر به بعد الشدّ العضلي، وإن كان يريد من الفيتامينات. أخذت ما أردت، وسألته عن فيتامين مقوّي. أخذت عبوة.

.. أخبرني أن هناك دعوة غداء في مجمع الخليج السكني بحي النخيل مع ممثلي شركة بريطانية عارضاً علي إن شئت أن أحضر معه. لم أمانع، فالذهاب إلى دعوات من هذا النوع تكسر روتين نهاية الأسبوع المملة حيث ما عدت أشعر برغبة ارتياد الاستراحة منذ فترة وفاة أمي، وانقطاع متعب بعد زواجه.. أفضِّل الجلوس في البيت مع لمياء أو الخروج معها إلى مركز تسوُّق أو أن أدعوها إلى مطعم جديد لنجرَّبه وأخرج أحياناً وحدي إلى مقهى My Way.

-4-

.. ما بين محاضرتين. تركت مكتبي..

.. ذهبت بالجريدة لأقرأها في الكافتيريا ماراً بمكتب د. محمد. إذا ما يمكنه مرافقتي. وجدته مظلماً ناظرت جدوله. لن ينتهي قبل 15 دقيقة. توجهت إلى الكافتيريا. وضعت الجريدة وجوّالي وتلفَتُّ حولي لم أجد نادلاً ربما لأنه وقت يقلُّ رواده، فأغلب الطلبة في أوائل محاضراتهم الصباحية. ذهبت لآلة تحضير القهوة وسكبت منها عائداً إلى مقعدي.

.. رنّ جوّالي. أزحْتُ الصفحة الأولى عنه: حنان. فرحت، وأسرعت أحمله:

: "أهلا وين دنياك؟"

: "إخْتِكْ لَمْيَا مجنونة..!"

: "ليش..، إيش صار؟"

: "قريت المقالة؟"

: "لا الحين.. أتصفَّح الجريدة.."

.. لم تعطني فرصة سؤالها عن عودتها هي وأبى. مضى أكثر من أسبوعين، ونفتقدهما أنا ولمياء.

.. كلَّمْتُها لأخبرها أنني سأتغدّى خارج البيت لارتباطي بدعوة مع بعض زملائي المحاضرين في مطعم الخليج الصيني. لم أشعر أنها ستمانع، لكنني أخبرتها إن كانت

تعرف موعد نشر مقالتها أم لا..؟. تفاجأت، وأفهمتني أنها ستراها ودَّعتُها، ونسيت أن أخبرها عن اتصال حنان. فكرت معاودته، لكنني أرجأته لحينما أعود..

--

.. على بداية العصر كانت عودتي في هدوء. صعدت إلى غرفتي وجدت بابها مقفلاً.. طرقْتُه لم تردَّ فتحته، لم أجدْها. ذهبت لأتصل عليها حملت الجوّال. إذا به يستقبل رسالة:

"من لمياء: على فكرة رحت
لعمّتي نادية.."

.. خلعت ملابسي كأنما أخلع كامل الأسبوع بإرهاقه. فتحت المسجِّل وتداعى ساكسفون كيني جي.

بحثت عن تي-شيرت قطني منذ أيام اشتريته، لونه مائل إلى الاحمرار الباهت. لم أجده في خزانتي ذهبت لأفتش شنطتي أخرجت الملابس تفوح رائحة الحديد المختلط بعرقي. أفرغتها في سلة الغسيل وجدت شورت ناصر فيها تذكرت عبوة الفيتامينات التي أخذتها له أمس لأصحبها معي إليه.

.. دخلت الحمّام فتحت الدوش الساخن، أشعر

برشقات الماء على عنقي.. صدري.. بطني، وينساح على فخذيَّ. رحت أفرك جانب جسمي بحركة دائرية نازلاً إليهما ثم أمَلْتها إلى ورائهما، ورحت أفعل ما كان من تدليكي لناصر وتغيبت في إغماضي، وكان الماء إذا ساح إلى ما بعد بطني انسلَّ إلى بعد سُرَّتي، فينفلق ثم يلتقي مثلما يحدث من بين يدي ويتدافع نحو ركبتي. أدرت جسمي وسندته إلى الجدار. وجدتني أحوط منارتي بيدي كأنما أقبض رأس عصفور يتمدَّد رأسه هوناً، ويداي لم تسْتَطِيْعَا مقاومة تدافعه من محاولتهما لإرجاعه إلى حالته الأولى. شعرت بالجدار يحوِّل ندى جسمي إلى رطوبة تحثني كي أحرِّر منارتي لتشهق بالماء الهادر حول فضائها. رحت في إغماضي كله، وراح الهواء الرطب يدفع نفسه في فمي ويلتصق طرف شفتي السُّفْلى بلثة الثنايا حتى تتابع هدير الماء، فأطلقَتْ منارتي ضوءها واستكنَّتْ، فالتاث بين أصابعي وحلمتيّ مفتزتان..

--

.. عندما قابلته سألته عن وجع الشدّ العضلي أما زال؟. مقدِّماً إليه عبوة الفيتامينات. شكرني وأخبرني أن تدليكي البارحة جاء بنتيجة أراحته..

.. اليوم لم أجلس في المقهى. أخذت شنطتي وتوجهت

إلى البيت خارجاً من بوابة النادي. مررت بسور المقهى على طريقي، فرأيت الشاب نفسه آتياً لم أستطع أن أتظاهر بالتوقف، فلا مبرر لذلك، ولا ارتكاب أية حماقة من الالتهاء بالجوّال أو النظر إلى الساعة. مضيت.

.. تفاجأت بجلبة في البيت. أسرعت بالدخول. فرحت، حنان وأبي عادا. لمياء محتفية بشدّة بهما. لا بد أنهما للتو وصلا، فشنتطتاهما أمامي. احتضنتهما، وطوقت كتفي حنان بذراعي، ثم استأذن والدي لينام بينما غرقنا ثلاثتنا بالحديث عمّا فعلته في جدة وحكايا جدّتنا صفيّة، وراحت تقلِّدُها تارة بلهجتها الحجازية، وتكمل لها لمياء بعض الجمل مضبوطة، فتشير مؤكدة:

"أيْوَه كدا، يا حبيبة قلبي.."

.. توقفت فجأة عن كلامها، وراحت تعبِّر بشغف وفخر عن مقال لمياء، وأنه السبب الفعلي بتعجيل رجوعها هي وأبي. كأنما استعادا توازنهما: قلت: "كويِّس، مقال رجَّعْكُم"، ثم تبعتني مبالغة: "اكتبي واحد ثاني يمكن ترجع أمي.."، طلبت منهما تفادياً ألا تفسد متعة رجوعهما أن نترحم على أمي، ونقبل أن نعيش هذه الحياة مذكراً إياهما يوم جمعتنا في نفس الكنب وأخذت أيادينا في حجرها: "اوعدوني تكونوا مع بعض دايماً.."، نهضنا لنتعشى، فقد أعدَّت لمياء أكلاً خفيفاً إنما استمتعنا بحكايا حنان..

.. ابتسمت لحظة جارت على رأسي طيور صغيرة كأنما
تغرد بصوت أمي الذي يتقفى تغريد ليلى مراد:
"الأم شجرة وإنتو زهور تضمكم بين أحضانها
بكرا عينك تشوف النور وتعرفي سر حنانها
يا صحبة الورد النادية "
.. وأغص بابتسامتي عندما أذكر مقاطعتي مندهشاً بذكر
اسم عمّتي في الأغنية، فتضيع الطيور..

130

-5-

.. أفتح عينيّ بثقل الرأس. ماء دافئ يصل الأذنين..

.. تذكّرت حال نهوضي من السرير أن أتصل بإبراهيم، وأسأله عن موعد دعوته التي طلبني لأرافقه إليها.

رحت أغسل وجهي على ترنُّحي من النعاس. سهرنا البارحة على محطة Channel-2. خلُصَ فيلمان، ونحن نتحدث عن مكة وجَدَّتِنا صفيّة التي اعتمرت بها ذاكرة حنان.

.. خرجت من الحمّام على مسمع رنين الجوّال باتصال إبراهيم. ساعدني بأن أرتب نفسي خلال ساعة حيث سيمر عليّ بعدها لنذهب. نزلت وجدت لمياء تضع زهوراً في مزهرية الصالة. أخبرتني أن عمَّتي نادية ستزورنا عصر هذا اليوم، فأخبرتها أنني مرتبط بدعوة غداء، لكنها أضافت أن والدي يريدني في موضوع راجية ألا أتأخَّر قلت لها إنني سأكلمه أو بعد أن تنتهي زيارة عمّتي يوافق مجيئي.

.. استوقفتني مقالة عن لغة المحادثة في الإنترنت حيت تلهيت في تصفُّح الجرائد..

//.. وعلى هذا الأساس نبعت فكرة إضافة الأرقام للأحرف الإنجليزية في كتابة الأسماء العربية وقد أصبحت

هذه الأرقام لها معانٍ قياسية وسوف نذكر دلالات هذه الأرقام:

* الرقم 6 في النص يدل على حرف (الطاء)، وما يكافئه بالإنجليزية (TA)، مثل: Fa6ma. وهي كلمة فاطمة.

* الرقم 7 في النص يدل على حرف (الحاء)، وما يكافئه في الإنجليزية (HA)، مثل: A7mad، وهي كلمة أحمد.

* الرقم3، يعني حرف (العين)، وقد لا يكون له مكافئ دقيق باللغة الإنجليزية، لكن جرت العادة بوضع حرف (A) عنه، ومثال: 3bdulla، أيْ كلمة: عبد الله.

* الرقم 5 يدلّ على حرف (الخاء)، وما يكافئه في الإنجليزية (KH) مثل: 5alid، أي كلمة: خالد.

* كما أن هناك إضافات على الأحرف لتعطي أحرفاً أخرى مثل كتابة (3،)، فهو يعني حرف (الغين) مثاله: 3,reeb، أي كلمة: غريب. //

--

.. لاسعة شمس هذا النهار على قوة دفع مكيِّف هواء السيارة. كان إبراهيم متألقاً على أنه يلبس كاجوال عندما شددت حزام الأمان لأكبسه رأيت جالوني ماء في المقعد

الخلفي استغربت واستفهمت منه. أن أخذه لهما احتياطاً، وزاد لمعلوماتي أنه يحتفظ ببعض الفحم والكيروسين في شنطة سيارته على أننا المدعوّان لا أحد منا الداعي..

.. دائماً أعجبتني حدوسه ومراعاته وتصوره لأن كل شيء لا يمكن أن يكتمل وأن الظروف رهن يد الإنسان ليدفعها صوب مبتغاه، فاندفعت وقبّلته احتد حاجباه اندهاشاً، والتفت ممازحاً:

"لا عاد تعوَّدها مرة ثانية..، يا ولد".

--

.. كأننا في عالم لا أظن مدينة الرياض من مفرداته بل من محرّضاته للهروب منها. الأشجار والزهور تملأ المكان والشوارع مرتبة تحتفظ بلمعة لون خطوط المشاة وأسهم الطريق وتقسيم مساكن المجمَّع.

.. لوَّح لنا أبو زياد-مدير إبراهيم- من بعيد، وتراءى لي أن الجالس صديقه عبد الهادي.. نزلنا وسلَّمنا عليهما ثم على مستر جون، والآخر جوي..

.. كان الجوُّ مسلياً، وأقلَّ صفاءً..

.. عبرَّت أن المكان أعجبني. أشار جون ليأخذني جوي في نزهة مشي حول المجمَّع. شكرت مبادرته، ورحنا

متصاعداً خلفنا دخان الشِّواء وضحكات أبي زياد وتعليقاته. جوي يتجاوز الخمسين يتكلم باقتضاب معلّقاً سلسلة لنظارته، ومع هذا عندما يتكلم يمسك بأحد ذراعيها بيده. يصف الأشياء كأنه الذي أشرف على بنائها أو اقتراح غرس نوع أشجار فيها أو نفّذ تخطيط الشوارع التي نسير فيها حتى وصَلْنا جهة المسبح المشترك للمجمَّع، فرأى عاملاً فلبينياً، وراح يسأله عن صيانة مصفاة المسبح، وعن المزارع الذي يجب أن يقلِّم الأشجار في الشرفات، تجاوزتهما وسمعت ضجيجاً مائياً وصيحات شبيبة، فدخلت الساحة الرياضية وصعدت درجات لأرى مصدرها. شباب وأطفال "منتشرون" في مسبح الصغار تقف معهم امرأة لا بد أنهم أبناؤها، يوحي شكلها بملامح عربيَّة. لم أُعِر اهتماماً للموجودين، لكنني التفت ورائي لنداء جوي، فهممت أن أنزل، ركض أحدهم خطفاً لينزل ويرشقني بالماء هارباً ممن يلحقه التفت مستدركاً ليعتذر..

.. تفاجأت أنه الشاب مُصَادِفي الذي شغلتني ملامحه، فوقف واضعاً راحة يره على جبينه ربما ليمسح الماء أو ليرفع خصلات التصقت أو ليظل عينيه من الشمس، ويبحر فيَّ سلَّم عليّ، فوصلنا جوي..

"This's Majed!,This's Abdurrahman!" :

.. تصافحنا مبتسمين..

: "So,you don’t know each other?."

.. لم أقل شيئاً.. كأن صمتي يحمل امتنانه لمصادفتي المكتملة بالتعرُّف عليه. استأذن ماجد، وطلب مني جوي الذهاب بعد سماعه رنة جوّاله بالمارش العسكري، فأشرت له بيدي..

: "They are ready!"

.. وذهبنا..

--

.. جلست آكل وأصوات تعلج اللحم، وتدفع بعض الخضار المشوي، وتحاول أن تتكلم بلغات متضخمة لم أكن معها. انتهيت سابقاً إياهم. تحسَّست جيبيَّ. لم أجد جوّالي. أخذت مفتاح السيارة من إبراهيم لأتفقَّده هناك.

.. وضعت المفتاح في أذن المقود ليتسنى لي سماع الراديو بينما آخذ سيجارة. مرَّ الذي اسمه ماجد من خلف السيارة ماشياً يحمل شنطة. دسْتُ على المنبِّه. وقف يتملّى. ناديته، فأقبل ودفعت له شفتين واثقتين ليتكلَّم بوضوح دون ارتباك:

: "إلى متى أصادفك دايماً..؟"

: "ما أدري" (رافعاً كتفيه بتأنٍ)

: "لا إنت إش رايك؟"

: "يعني كيف..؟"

: "أبغى الصدفة إحنا نحدِّدها..!"

.. أومأ إذ سلمته بطاقتي، ولم أشأ سؤاله عن أشياء خاصة ونزلت مقفلاً السيارة، وتمنيت له يوماً سعيداً بوداعي مفترضاً أنني أنهي طفح حرجه لو بقي، وتأخري عن أصحاب الدعوة الآتي من أجلها. ظلَلْتُ واقفاً لأكمل سيجارتي حتى ركب سيارته، وحيث اتخذ طريقه مخلِّفَني ووراءه عمد إلى إضاءة مؤشري سيارته الجانبيين مرة وراح..، فشعرت بسريان ماء بارد من أعلى رأسي حتى غار في مفترق ظهري، أطفأتها، ورحت إليهم..

--

.. انتابتني رغبة أن أزور مكتبة العبيكان هذا المساء. تشوقت لقراءة كتاب جديد إنما شغل ذهني. ما الذي يريده أبي مني عندما أخبرتني لمياء هذا الصباح.؟.

.. دخلت البيت وجدت حنان مسترخية على كنب الصالة تمشط شعرها بأصابعها مثل بجعة على بحر بنفسجي سألتها عن أبي، فإذا به ينزل..

.. رحت أنا وإياه إلى الحوش حول المسبح. جلسنا

وفاتحني بالموضوع الذي استغربته وبدَّده والدي لحظتها أن إبراهيم طلب يدِ لمياء منذ أسبوع. لم يقل لي شيئاً عندما كنا معاً، ولم يُوْحِ بأي شيء عن الأمر طيلة الأسبوع الماضي.

.. اقتناعي بكلام أبي دعَّم كثيراً من تمسُّكي بإبراهيم كونه جاء بالطريق المناسب ليس كما حاول أن يفعل متعب بتصرفه الأرعن حين أراد الزواج من حنان ليمنع أهله من إحراجه بالزواج من ابنة عمّه..

.. شكراً، إبراهيم...

.. أشعر بالسعادة بل بكثير من الفخر كونك ستكون غير صديق فقط بل زوجاً لأختي وأخاً لي ولحنان..

--

.. عادت حنان تتشكَّى من جواسيس الهيئة عليها في المشغل، وبدت تظهر تبرُّماً، وتتوعَّد بإقفاله موجِّهَةً لأبي ليفعل شيئاً، ويبحث لها عن واسطة تمنع مرسلي الجواسيس من التسلُّط على المشغل، وزبائنه مخبرة إياه بحادثة دخولهم فجأة للمشغل بعد أن اتفقوا مع امرأة لتخبرهم عن زبونة كانت المرة الثانية لارتيادها المشغل، وحين حاولت السيطرة على الموقف وطلبها منهم الخروج فتدافعوا ببطونهم ولحاهم وشدّوا الفتاة من شعرها ونزعوا إحدى العباءات المعلّقة في

مدخل المشغل وغطّوها بها كما لو كان صيد وعلة لئلا تعرف أنها ستهجَّر عن صحرائها. جلست تندب مصير تلك الفتاة، وتتخيَّل سيناريو جلسة التحقيق معها.. تنبهت لكلمتها:

"فوضى.. فوضى هالبلد!".

.. نهضت تاركتَنا. شعرت أن والدي سيبادر لمياء بكلام، لكن ردَّه وجودي، رحت ساحباً موزة من طبق الفواكه، وتظاهرت أنني أصْفُرُ بأغنية فضل شاكر: "يا غايب، ليه ما تسأل..؟".

.. لمحت حنان بعصبية تتجه لغرفتها ساحبة حبلاً برتقالياً، وتشده بيديها لترى متانته، وتذكرت "ماجد". خطر ببالي أن أبعث برسالة على جوّاله، لكنني لا أحتفظ بأي رسالة رحت إلى حنان أسألها إن كانت تحتفظ بواحدة. وجدتها تضع حبالاً في شنطتها: "عشان إيش كل هالحبال..؟".

.. ردّت مستعيرة سخرية أمي، الطبع الوحيد الذي يطمئنني أن ثَمَّة ما يربط بيننا: "عندي غسيل..!". بصوت يؤكد امتعاضه من السؤال في غير محله. سألتها إن كانت لديها رسائل:

"بطَّلنا نحب، يا قيس..!".

.. استلذذت ردها مستعذباً سخريتها، فقلت: "معليش عاد حبل الهوى وما يسوِّي..". تكتمت ضحكتها تتطلع

جوّالها تستعرض رسائله، وتتمتم بهن: "هممم (يا بطة اتصلي).. أوه.. لا، (ولد+بنت..) لا.. لا، (فيه واحدة حوطية..). لا.. إيه هذي..". طلبت أن تريني إياها قبل إرسالها، وفجأة صرصرت في جوّالي: "من حنان: عسى ما بنشر!؟". ضحكت عليها وخرجت صوب غرفتي مرسلاً إياها إلى ماجد، ثم أفزعتني بصوتها: "تعال..!".

: "نعم، بشويش.. لو سمحتِ".

: "لا تكون بترسلها لبنت؟" (مشفقة)

.. قبضت ارتباكي، وطمأنتها أنني سأرسلها إلى صديق لا أكثر مخترعاً قصة أنه يشتكي عدم اهتمامي بمجاملته، ولو برسالة من جوّال. هدأت بأنفاس متهاوية، وعرضت عليّ أن نخرج سوياً بعد المغرب إلى مكان تعدُّه مفاجأة لي أومأت بامتنان، ودعوت أن تخبر لمياء، رفعت يدها كاشّة: "يا شيخ، فكّنا بتوقّفنا عند كل إشارة عشان تحلِّلْ نفسية كل لون..". رفعْتُ سبابتي إشارة بأنها تمادت وأنا أضحك متخوفاً من سماع لمياء، فجذبت خصلة من شعرها نحو فمها مخرجة لسانها مثل طفلة ستمكر بعد قليل بأخيها الصغير..

--

.. طلبت مني أن نتوجَّه إلى مركز الفيصلية بعد أن

سألتها. عن مكان المفاجأة.. أظهرت لها أنني لا أحب التجول أسكتتني لئلا أفسد مشروع مفاجأتها، فلأسُقْ وأرى طريقي بينما نقطع شارع العليا العام وصلتني رسالة، فعلّقت: "اشتغل بريد الغرام"، فلم أعمد إلى أن أراها مصبِّراً نفسي حتى نصل مكان ما أذهبتنا إليه.

.. صعدنا السلَّم الكهربائي، وهي تتقدمني لأتبعها، غافلتها وفتحت الرسالة:

"من ماجد: مسا الحلوين..

متى تبي نصادف بعض؟"

.. شعرت بلفحة غبطة أكملتها بإشارتها إلى معرض ملابس رياضية جديد/CITY SPORT، فسبقتني، وراحت تقترح عليّ بعضها.

.. لم أخرج بالطبع دون كيس ممتلئ وشكرتها مقترحاً أن نشرب قهوتنا معاً. وافقت بعد أن نمر بمعرض أحذيتها المفضّل..

.. "لما قابلته مرة صدفة..

حبيبي مش أي صدفة.."

.. باغتني لحظتها برفق صوت عايدة الأيوبي.

.. أستمتع مع حنان إلى حد أجد نفسي أكاد أن أكون متفرجاً مشاركاً لأنني أشعر بطاقة مذهلة لديها لفعل أمور مبتكرة لا أشغل نفسي بمعناها، لكنني أتمنى لها تحقيقها على

أنني لا أدرك ساعتها قصدها من فعل أمورها الموشكة في شدِّ ذهني..

.. نسيت إجابة ماجد على سؤاله، فقد أخذني الوقت مع حنان. تذاكرت عندما وضعت الجوّال في حاملته المعلّقة شمال المقود. لم أفعل شيئاً مخافة حدس حنان مرجئاً ذلك حتى وصولنا إلى البيت.

.. استنكرت سؤال حنان المفاجئ عن متعب. تظاهرت أنها تعرف ماذا حدث له..؟. أخبرتها عمّا حدث له صمتت وانشغلت بالجوّال راحت تحادث إحدى صديقاتها عن معرض الأحذية الذي مرّتْه.

.. اتصلت بماجد ما إن دخلت، وأنا أهم بإقفال السيارة بعدها. لم يجاوب. قلقت، فنويت معاودة الاتصال، لكنني وضعته في جيبي، وما إن دخلت الصالة حتى رن الجوّال، فأسرعت لأخرجه، فانقطع الاتصال، ونظرت إلى حنان.

: "يا شين اللي ما يقدرون يسددون فواتيرهم".

.. لعنتها في داخلي، وصعدت إلى غرفتي. وضعت مفاتيحي، ورحت أخرج ما اشتريته وأفرده على السرير حين رحت أغيّر ملابسي رنَّ الجوّال مشيت بهدوء متوهماً أن حنان تراقبني..

: "هلا والله.."

: "آسف كنت نايم.."

: "لا، معليش كيف يومك؟"

: "بيحلو إذا صادفتك.."

.. لـم أدرك أبـداً أن كـل اشـتـقـاقـات (ص. د. ف) ستكون وقْفَ قاموسنا الذي ألفنا وسكناه. أنا وماجد طيلة علاقتي معه التي ليس بكاف آخذها من مصادفاتي المتعددة في مقهى My Way أو مقهى النادي أو لقاء تعارفنا عن طريق جوي في المجمَّع السكني.. مرفقاً تساؤل استغراب عدم معرفتنا ببعض..

"So ,you don't know each other?." :

مثلما ذكَّر يوماً غزو صدام للكويت أنهم من نسْل جرفه الغبار والطاعون إلى إحدى شرفات تلك الهضبة الحاملة غموض جغرافيا ذاكرتها المجدولة بسبات النخيل وشرود شعابها..

--

.. ما دام اتفاقي لمقابلة ماجد أو(مصادفته) اتخذناه بعد ساعة مضيت لأمر المكتبة. دخلتها بعد أن تدرجت نظراً على صف الصادر حديثاً. وجدت على الجهة اليمنى كتاباً بلون أزرق وأصفر فاقعين معروضاً في خزانة تعلوها لافتة (الأكثر

مبيعاً) تحتها طاولة وكرسي جلس عليها رجل ملتحٍ لم يقبل عليه أحد ليطلب الكتاب من أجل توقيعه أ تراه ظن قارئة ستكشف فخذها من عباءتها لتحتفظ بتوقيعه مثلما فعلت معجبة مراهقة بنزار قباني..؟.

.. توجَّهْت لمكتب الاستعلام عن الكتب. وقفت مسلِّماً وصمت لانشغال الموظف مع رجل أربعيني لحيته مخضوضبة ببياض يقف بجانبه طفل دون العاشرة. قبل أن أتمهل سعى موظف آخر وأبدى مساعدته، فاقتربت: "التوراة جاءت من جزيرة العرب.. "حين هم عبر الجهاز الذي أمامه تجشأ ذلك الرجل:

"أعوذ بالله مو صحيح أبداً..".

.. شدني سؤال الموظف عن اسم المؤلف، فأخرجت الورقة التي كتبتها: "كما.. كمال الصليبي.."، فرفع الزبون الملتحي يده: "سلام عليكم..". انتظر الموظف قليلاً ثم: "غير موجود..". سألته عن كتاب مذكرات لنفس المؤلف. استدرك الموظف الذي بجانبه وسأل مرة أخرى عن اسم المؤلف، ولم يجد له شيئاً، لكنني قرأت مقالة عن مذكرات هذا المؤلف، وذكر كاتب المقالة أن له كتاباً مشهوراً، وأنه الآن يكتب مذكراته بناءً على طلب أصدقائه..

.. خرجت من المكتبة بعد أن انتقيت من الجديد

كتاب "من عنيزة إلى وول ستريت" عن سيرة التاجر السعودي عبد الله العليان، وبالي يرد موعد ماجد..

.. الآن، احتجت لمياء لتفسر ما أحس به لعل في نفسي من فواح الجنة أو تجديل من الورد غير ما تنطلق إليه أقداري الآفلة..

.. وقفت أنتظره عند مقهى ستاربكس شارع العليا العام. دخلت ساحباً الكتاب معي لأتصفَّحه وفكرت أن أكلمه لأسأله نوع قهوته..، لكن ما إن اتخذت مكاناً يشرف على بابي المقهى جذبني استكشاف الكتاب عنوانه مؤلفه مترجمه فهرسه، قلبت صفحات المقدِّمة لأرى عددها، فامتدت يد إلى الطاولة تضع جوّالها رفعت رأسي..

: "صدفة حلوة. ممكن أجلس..؟"

.. ابتسمت كغير عهدي بالابتسام، وسألته عمّا يشرب، لأنني نهضت لأحضر القهوة، أبدى هو أن يحضرها بنفسه تركته على هواه.

.. جاء يسألني إذا ما أريد سكَّراً وشيئاً آكله شكرته. راح يمشي مثل بطريق يتفادى دَوْسَ بيض السلاحف على شاطئ المقهى.

.. عاد وجلس أمامي. هممت أن أكلمه، فاجتاحنا صوت غرابي: "ماجد انت هنا.."، فارتفع رأسه يطالع صاحب الصوت ونهض بعد استئذانه. ليته ظل على مشهده

بدأت أتعرف على ألفتي لملامحه عاد بعد ثوان معتذراً.

: "تشتغل يا ماجد والا تدرس..؟"

: "لا أدرس في جامعة الأمير سلطان.."

:..

: "تخصصي تغذية وتموين.."

.. سعدت من ذلك ومن حيوية حديثه عن اقتناعه به، وأنه يشرح للشباب أهمية تخصصه بما فيه ما لا يقل عن سواه من نوع تخصصات.

.. خلال ساعة تفهمته بشكل كبير. تركته يتحدث حد التبخر مثل شذا، ولم يسألني عن شيء.

.. حين خرجنا بادرته: "وين بتروح..؟". وضع يديه في جيوب بنطاله: "عند عيال خالتي، تجي؟". تمنيت له سهرة سعيدة بعد أن اعتذرت. أكَّد مبادرة اتصاله دون أن أطلبه، فرفع صوته ممتناً: "على فكرة، حلوة إنك ريحتني، وإنت اللي يعني بديت..". منعت نفسي من التعليق لوّحت له بالوداع..

.. على مهل شغلت سيارتي، وفتحت المسجَّل، لكنني تركت الـ إف إم تدور حتى وقفت على الأخبار، فالتفت إلى الجوّال:

"من ماجد:

على فكرة/

أنا صدفة.. انبسطت..

أنا صدفة.. ارتحت لك..

وعلى صدفة.. BUY.."

.. ويتمدد في أذني صوت الأيوبية برنينه الطازج كالأناناس.

--

.. وجدت حنان ساهمة، سلّمت عليها.

.. طلبت مني الجلوس وحدثتني أن لمياء جاءها عريس يطلب يدها، وما زالت تفكّر في قبوله أو بقائه على موقفها من الزواج وتريد مني أن أكلِّم لمياء لأنها تسمع لي، وبالإمكان التأثير على رأيها لأن أبي يزكّي العريس. سألتها إن كانت تعرف العريس أو قال عنه أبي شيئاً نفت، وارتحت أنها لم توجِّه السؤال إليَّ، فوعدتها أن أكلّمها غداً، ثم علا صوتها:

"ترى إذا ما طلعت بنتيجة لي تصرّف ثاني.."

.. تخوفت من جنونها المحتمل، فرجعت صوبها فرقعت يدها: "إطَّمَّنْ بانْقِزْ وأمْصَعْ إذن وردة وأخليها تغني: أنا عايزة أتجوز..". ضحكت لدرجة أن الكنب رد وقوعي على الأرض. يا لها من لسان السخرية أجمعها..!.

--

.. يوم الجمعة، يتحف البيت بأكثر أوقاته الهادئة كأنها تسمح لراقصة باليه تُعدُّ آخر بروفة على فالس "نهر الدانوب" لشتراوس مستعدة لحفلتها الأخيرة.

.. طرقت بابي لمياء لأصحو في الواحدة والنصف طالبة مني مشاركتها الغداء إذ ما زال والدي وحنان غارقين في نومهما.

.. جلست على كنب الصالة أتصفَّح جريدة البارحة، وأشرب كأس ماء، فاستفسرَتْ إن كان والدي، فاتحني بأمر يخصها أومأت أن ذلك حصل، وسألتها عن رأيها. كدت لا أفهم قصدها، ولئلا تصلَبُ بالخيبة عرضت عليها أن تحادثه بالهاتف أو تلتقيه معنا، فتعاملي معه كصديق ليس يشبه ما يمكن أن يكون عليه كزوج لها..

.. تغدّينا..، وأثناء ختامنا بالفواكه. روَّعَتْني حنان بمشية ترنُّح، وهي نازلة تكاد لا تبين لافَّة جذعها بالحبال التي رأيتها تضعها في شنطتها. بادرتها لمياء: "ايش هذا، يا بنت..؟"، ولم أبعد أبداً عن ذهني أن جواباً سيفجر ضحكاً في بَطْني يهضِّمني ما أكلته للتو..

: "أبداً بجرِّب إذا صرت موميا أقدر أسَوِّي شَيْ..!".

.. تحمَّدَتْ لمياء، ونظرَتْ إليَّ واصلة حديثها قائلة:

"لازم أفكِّر. . "، وقبل أن أجيبها رفعت صوتها بحنق حنان: "شفتي، كويس إني جربت. . ".

--

. . سافر أبي منذ يوم السبت على أن يعود يوم الثلاثاء منتظراً ردَّ لمياء التي بدأت في حالة تزايد توترها جراء تجييش حنان لها ما دفعني أن أشْغِلَها ما استطعت عنها. .

. . هل أرى لمياء خائفة من تكرار تجربتها السابقة لاحقاً مع إبراهيم. . ؟. يعني أنها ما زالت سجينة حالتها السابقة. كيف ستزحزح هذا السور الذي تركته يعلو دون أن تحدّ من جعله يحجب زوايا أخَر في نفسها. . ؟.

. . هل اكتشفت أن ما كان مع سلمان لم يكن حباً بل رغبة في إثبات جدارتها عبر اختبار مشاعرها فيما لو التزمت مع شخص طوال عمرها. . ؟.

. . ربما وقعت في مسٍّ امتعاض أن تكون في نفس الدور مع ممثل آخر. . !.

. . لا بد من طريقة لتقنع بها غير إلحاحات حنان العصبية، ولا إحراج والدي الذي لا يدرك مدى تصعيد ذنبها حيال أمنية أمي العالقة حتى الآن لديها.

.. استعرت جملتها في أن أفكر بطريقة تجعلها تسير نحو ما لا يمكن أن يتيح لها تصوُّر الفشل مستقبلاً أو وهْم ترصُّد المأساة..!.

--

.. "من ماجد:
يا دَرْحومي،
لازم أصادفك اليوم..!"

.. جاءتني رسالته أثناء قيامي لأذهب صوب قاعة محاضرتي الثالثة في الكليّة، لم أشأ الاتصال به. أرجأت ذلك إلى ما بعد انتهاء تمريني مساء اليوم..

.. دخلت البيت وأنا لا أكاد أرى ملامحه، فالشمس قضت بأشعتها على بصري ربما اختزنت فائضاً منها، لكنني توقفت عند سطوع شبكات معدنية تملأ شعر حنان بفستان مكسَّر من أعلاه حتى أسفله محتبية فوق كنب الصالة على جانبها تعض غصن شجرة. طلبت منها أن تكُفَّ عن استفزاز لمياء، وتجعل الأمر بهدوء يمضي، فالفرصة أمامها كل الوقت، وسيكون قرارها في صالحها حتى وإن لم يكن يرضينا.

.. إن تمنَّينا الخير للآخرين الذين نحبهم أو يهمُّنا أمرهم

لا يكون بإرغامهم على ما يمكن أن يكون عبر غفلة من الوهم مسيرة دمار نسحق عمرهم فيها. كأنما ندير بأيدينا مقبض الرحى على كامل أحلامهم لتفلت في سوق الرياح..

.. وافقت بخروجي إلى النادي حنان وهي تركب مع السائق ذاهبة إلى مشغلها سألتها دعابة أين ستذهب: "بْبلِّغ الهيئة.. عن مشغل زرقاء اليمامة سمعت إنهم يوزعون علك لامي على الزبونات عشان يدوخن ويغيرون ألوان مناكيرهن.."

.. وصلت وانضممت إلى بعض التمارين، وأكملت بعضها دون المدرِّب حتى انتهيت من الدراجة الثابتة. وقف بوجهي ناصر ينتظرني ترجَّلْت منها، ومشيت صوب الدرج تبعني ناصر فكرت بالرجوع لأؤدي تمريناً آخر، لكن حركتي ستكون مكشوفة..

.. وقفت أمام باب خزانتي مخرجاً شنطتي، وبدأت في خلْع ملابسي لألفَّ الفوطة. جلس ناصر إلى جانب المقاعد المتوسطة للنرنة كان يشرب، ماءً توجهت للحمّام سمعت صوت الدوش وبعض أصوات لم أتفهم شيئاً بعض آهات تتبعها: "قرِّب إنت.. خلك كذا.. أيوه كذا أحسن.. لا.. لا.. لا.. أيوه تكفى.. ألله يخلّيك.. بس آه.. آه.."

.. عدت إلى البرّادة متظاهراً بشرب الماء. وجدت ناصر

لتوه يخلع حذاءه وأوطأ رأسه، فثنى يده لينزع التي-شيرت من الخلف. وقف ليلف الفوطة بعد أن أرخى الشورت، وحين أنزله أقبل من طريق الحمّام ثلاثة شبان يحوطون أنفسهم بأجسام رطبة تندَّاها دخان الماء الدافئ..

.. مضيت إلى الدوش علّقت فوطتي وسكبت الشامبو، فدخل ناصر معي لم أعبأ به، لكنَّه حشر نفسه ليواجهني، فرفع يديه ليدلِّك كتفيَّ، فأنزلت يديه لمنارتي، فلم يُهْمِلْها. ملأت راحتي بالشامبو، ورحت إلى منارته بهمّة خائرة كنت أزيد دفق الشامبو على رأسه ورأسي رغوات تتزابَد لئلا أرى خطيئتي وخطيئته. فيما لست سوى من يدفع عني وعنه رائحة الحديد الذي يخامِرُ عرقَنا..

--

.. لم أجلس في المقهى بل توجهت ماشياً إلى البيت، فلحظت سيارة تلْحَقُني. وقفْتُ وأحنيت رأسي، فأشار ماجد بيده ركبت معه وذهب. أشرت إلى طريق بيتنا، وطلبت منه الدخول تردد، فرجوته.

نزل، ودخلنا تقدمته إلى الصالة أتشوَّف أحداً فيها.. وجدت لمياء جالسة تقرأ بانهماك شديد. الأوراق حولها كثيرة ومتناثرة ونظارتها تتدلى من سلسلتها. استأذنتها أن معي

ضيفاً. سلَّم ماجد عليها عرَّفتهما ببعض، وطلبت منه الجلوس
في الصالة ريثما أعود..

.. أحضرت عصيراً وفتحت التلفزيون قامت لمياء من
مكانها، وجاءت لتشاركنا الجلوس مجاملة، فابتسم لها عندما
سألته مثل سؤالي حيث علَّق، فحيَّته واستأذنتنا..

.. مضى الوقت قليلاً ثم اهتز باب الصالة فدخلَتْ
بضجيجها كالعادة تهيْجِنُ وترفع شنطتها المسطَّحة مثل طار
تضرب عليه لحظة ما سارت إلى الدرج:

"بريْه يوم الحرب شيد شراعه.. تشاولن قِعدانهم واسندن
شومن لعُلْوى عن رجال الزلاعة.. وإن كان ما شاموا لكن فاقحبن!"

.. كأنما لم تلحظ وجودنا فنسفتنا بتعليقها على نفسها
موجهة الكلام: "وأنا أخوك معليش أتدرَّب على دور وَضحى
توهَّقْت فيه.."..

.. تكاتمنا ضحكنا، فنظرت إلى ماجد: "وين
الباقيين..؟". دهش منها: "أي الباقيين..؟". مشيرة إلى
شبه له بأحد أعضاء فرقة بلو/Blue. الذين يغنّون مع إلتون
جون/Sorry Seems To Be Hardest Word، فأشارت مسرعة
إلى التلفزيون إذ جاءت الأغنية، وعيَّنت واحداً يشبهه:
"طالع.. طالع..".، ثم انطلقت فزِعة: "إخوان من طاع
الشيطان.. وينك يا باغي النار".

152

.. أقبلت لمياء تكاد لا تمسك نفسها من الضحك على ما فعلت حنان عندما دخلت، وجلست معنا لنتعشى ثم سبقتنا لتجهّز عصيراً لنا. وترعاني أنا وماجد كما لو كنا طفليها. أشارت علينا بفيلم السهرة في Channel 2، ثم استأذنتنا. جلسنا نتابع الفيلم سألته عن (دَرْحُومي)، أخبرني بابتسام يخالطه حياء أن هذا اسمي الذي سيناديني به. حين شارفت الساعة منتصف الليل، نظر إليّ عارضاً أن يجب ذهابه، لكنني طلبت منه أن ينام عندي. سفحتِ الدَّهْشةُ ماءها على وجهه إنما أخْرَسَتْه عبارتي:

"محتاجك تكون معي الليلة.. ".

.. عندما تقاطرَتْ أنفاسه باستناد خدِّه على ذراعي اطمأنت روحي، فوضعت يدي على كتفه لئلا يقصي استواؤه على ظهره أي نفس له أتنفَّسه، لكنه بدَّد خوفي على غير ظني عندما مدَّ ذراعه إلى كتفي، وتدبَّى على خده حتى استحنى عنقي، فلم أحرِّكْ من جسمي مساماً سوى أنها تتلقَّى موجات كهرباء دمه نحوها..

.. تنبهت الصباح على صوت الساكسفون إياه لكيني جي المؤقت على السابعة إلا خمس دقائق وجدتني نائماً على جانبي الأيمن بطرف السرير تاركاً خلفي "ماجد" الذي تحسَّسْتُ خلفَ عنقي التصاقَ شفتيه دبقتين برحيقهما حابستَيْه..

.. رأيته يستوي على السرير صالباً يده إلى الجهة اليسرى، وأنا صوب الحمّام ذاهب.

.. عدت إليه. وضعت يدي على رأسه، وهمست باسمه، فتح عينيه، وطالعني فرفع رأسه واستدنى إلى فخذي حيث جلست في جانب السرير ثانياً ساقي. سألته عن موعد محاضراته سألني عن الساعة، واطمأنَّ أن الوقت مبْكِرٌ، لكنه نهض محتاراً إن كان سيذهب إلى بيته ليغيّر ملابسه فعرضت عليه أن يختار ما يشاء من دولابي ما يريد إن كان ليس مضطراً لأن يلبس ثوباً أخرجت له فوطةً وغياراً داخلياً

دفعته إلى الحمّام، وأغلقت الباب. بدَّلْت ملابسي، وأخبرته أنني أنتظره تحت لنفطر معاً..

.. وجدت لمياء صاحية أخبرتها أنه نام عندي، وسينزل ليشاركنا الفطور ابتسمت، وراحت تحضّر له كوب حليب وكأس عصير. نزل لابساً قميصاً مقلَّماً لم ألْبَسْه منذ زمن على بنطلون جينز أزرق باهت اللون راقَ لي. قدمت له كأس العصير حيث وافق دون الثاني، وخرجنا معاً. ودَّعتنا لمياء..

.. تركت سيارتي لتحتمي بحرق نعاسها، ورحت أعْرِضُ عليه أن نتغدَّى اليوم لم يمانع إنما سوف تستمر محاضراته حتى الرابعة مساء..

-6-

.. ما أراحني بشكل مضاعف هو مصاقبة إلفة ماجد لبيتنا، وتقبُّل أختاي له، إنما الذي زاد اهتمام لمياء به كأنما صار الأخ الرابع بيننا هو أنه واقع بنفس الحالة. يتيم الأم. يعيش هو ووالده في البيت وحدهما لا يشاركهما أحد، فأخته الكبرى والوحيدة متزوجة ولاهية عنهما بزوجها وأولادها وتسكن الدمَّام.

.. ما مهَّل طمأنة والده أنني زرته مرة، فاستأنس بي ودعوته باسم والدي على رأي لمياء متى ما يفضِّل إلى أن نستضيفه في البيت ولو لجلسة شاي تعارف معه. امتنَّ لاهتمامي، وارتاح أنني صديق لابنه سأكون بل قال: "صرتو أهل ماجد.." ..

--

.. كنت عفوياً مع ماجد لم أطلب منه شيئاً، ولم أتعامل معه بعاطفة مسرفة. شعرت أن علاقتي به مقدَّرة منذ قبل معرفته، وما هي الآن سوى تعديل وضعها بدل أن تكون في غير مسارها إن لم نكن على عدم معرفتنا ببعضنا، فأتعنَّى بموقف ما أو يتأثر ماجد بغيره دون أن نعلم عن بعضنا، ولا يجد أحدنا الآخر ساعتها..

.. اعتدت أن يبقى من أنفاسه ما يملأ ليس غرفتي وحدها بل ناحيات في البيت أعرفها جيداً، وتعدى ذلك إلى ألفة أن أرى بعض ملابسه التي كان يتركها عفواً مثلما حصل أول ليلة منامه، واستعارته ملابسي، أو إلى وجودها مصفوفة في دولابي بعد أن غُسلَتْ، كذلك بعض جزمه ومراجعه الدراسية التي صار يتركها من أجل أن يشرح أمراً غذائياً لنا، مثلاً: طريقة إعداد القهوة التي يسبقها ليتكلم عن زراعة الشجرة نفسها سواء إذا كانت أحادية مثل قهوة كينيا المنكَّهة بثمرة الجريب فروت واقتراح شربها مثلجة أو باردة وقهوة سولواسي الممزوجة بطعم الأعشاب الخضراء التي تستأثر بزراعتها أندونيسيا، وعن قهوة كولومبيا المقوَّمة بنكْهَة المكسّرات العليا كما يصفها أو ثنائية كما أخذ الهولنديون قهوة عربية، وأضافوا إليها طعماً جديداً بخَلْطِها مع قهوة من عندهم وزرعها في أندونيسيا، وأسْمِيَتْ: موكا جافا العربية..

.. كانت حنان تغرق معه في شروحاته، عن أساليب طحْن القهوة بحسب آلاتها ما بين التي تعطي الطحن الخشن أو المتوسط أو الناعم جدا أو الرملي كما يصف حاسة لقهوة الإسبرسو التي تُعدّ بطريقة الضغط لا الجذب كما رغوة الكابتشينو التي قال إن اسمها/ Capuccino أتى من القلنسوة بالإيطالية التي تسمَّى بها رهبان حركة إصلاحية من الفرنسيسكان 1525 يسمّون: الكبوشيين/ Capuccini، ومنها

أخذت الكلمة الإنجليزية للقبعة/Cap، التي صار يلبسونها على الثياب وفوق الطاقية بدل الشُّمْغ شباب الرياض خاصة في جنوبها كموضة إنما بطريقتهم تجنباً لمسألة لبس الكاجوّال الذي يوحي بأن لابسها ذو سمعة سيئة متمثلاً بالأجانب، وأخلاقه مرتخية.. إنما لو كانت ملابس رياضية، فالأمر مغضيٌّ عنه!.

: "يالّا خذ هذا الشعب..!".

.. إنما رحنا نصغي أنا وحنان إليه أن هذه النوعية من الشباب تأتي إلى شمال الرياض كأنما في نزهة ليشربوا الكابتشينو من مقاهي شارع التحلية، و"يمتِّرون" الشوارع التي حواليه: العليا العام، الضباب والتخصصي..

: "مساكين كنهم طَبُّوا ديزني لاند..".

.. لم تثنه تعليقات حنان المتوالية عن أن يكمل لها معايير صنع القهوة بين الضغط والجذب.

.. الكابتشينو انتشر في أوروبا ثم انتشر في العالم، ودخل عندنا نهاية الثمانينات مع مقهى My Way، ابتسمت وقال إنهم تميزوا بوضع بعض الشوكولا المطحونة للتنكيه فيها على الكابتشينو الخاص بهم عكس دار القهوة الذي كان رهاناً ليفتتح بعده كُثُر في شارع التحلية الذي بدأ معهم بطحن الشوكولا مع قهوة خالية من الكافيين يرفقون معها حلوى الترااميسو المذرَّى عليها شوكولا بينما نحدد معاييره الأصلية

بأنها هي: إسبرسو مخفوقة مع حليب مبخّر، ومرغّى عليها الحليب ذاته دون كافيه لاتيه التي تكثر فيها نسبة الحليب مع رغوة أخف.

.. وأما الموكا فتتكوّن من شوكولا مخفوقة بإسبرسو مع كمية أكبر من الحليب حيث تكلم أنه اقترح أن تقدم باردة في الصيف عندنا لا ساخنة فيما لو أضيف إليها كريم مخفوق مع نكهة الكراميل، وهي فكرته التي سوف تلقى ترحيباً من أصحاب مقهى كوفي تايم عندما قدَّمها لهم، وليشرف عليها كمشروع لتخرُّجه يُعِدها. على أنه اقترح لمحبي القهوة السوداء إضافة نوعية متاحة من النكهات، مثل: جوز الهند في العصر مع قطع بسكويت مالح، واللوز والبندق مساءً ما قبل وجبة المساء أو بعدها بينما فضَّل الفانيلا الفرنسية صباحاً مع أي نوع من المعجّنات وأنواع الكعك.

.. أعتقد أن هذا الشيء الوحيد المشترك بينهما المقلِّل من حدَّة يتجنبها ماجد حين تسخر دون أن تحسب رد الفعل فيما ينسحب بعدها بكل هدوء أو يكون موعد خروج لنا ممضياً معها ذلك الوقت في انتظاري حين ألبس.

--

.. إن مرَّات منامه عندي على سريري وبين ذراعيّ،

وتجلّي أنفاسه نحوي ابتدأ مع الأيام يزن ويحد من توتري المعتاد زمناً. كان يطل عليّ فجأة إن استطاع في الكليّة لأدعوه إلى قهوة حسب الطريقة التي يقترح أو نذهب للغداء معاً..

.. كنت أحاول جاهداً أن أتركه يدير أحداث علاقتنا خارج البيت سواء باختيار الأمكنة التي نروح لها أو عفوية تعرِّفه إلى الأصحاب الذين يراهم معي ممَّن أعرف في النادي كناصر، وإلى تعرِّفه على إبراهيم الذي سيأخذ مدى لأنه سيكون فرداً في العائلة قريباً، فلم يكن ثَمَّة أحد آخر سيراه في محيطي بينما معارفه كثر بين كليّته من طلبة يزاملونه وبعض من كانوا معه من المرحلة الثانوية، وبعض من يلتقيهم في نادي النخبة للبلياردو الذي يمضي فيه ساعات يغالب رفقتهم فيه..

.. لم يثرني من أموره سوى أنه قرَّر في الصيف أن يبقى ليعمل في مقهى بشارع التحلية من أجل كسب مهارة عملية تفيده في دراسته وبحثه حول القهوة وشجرتها وطرق إعدادها.

.. لم أتدخَّل ما دام الأمر رهن الوقت القادم رغم شعوري بمسؤولية الشريك حيث يقضي بانتهاء سنته الثالثة والنهائية نظرياً ليبدأ السنة الرابعة التطبيقية عبر توجيههم من قِبَل الكليّة تجاه بعض الفنادق والمطابخ ليتدرَّبوا في حقول

الإشراف على الطهي وإعداد المائدة واختيار نوعية الخضار واللحوم.. ضمن برنامج دراسته العام..

--

.. ربما تناسيت موضوع لمياء وإبراهيم، لكن تلهينا بدخول ماجد الذي أفسح بعض سراح التفكير الممعن وانتخاب القرار على فيض من المسؤولية عند لمياء إذ اتصل والدي صبيحة يوم على موافقتها مباركاً وطالباً مني أن أخبر إبراهيم ليزورنا وأهله للاتفاق على تضاعيف الزواج..

.. فرح إبراهيم وسُرّ من اتصالي وبشارتي تاركاً خيار تحديد زيارة أهله رهن استعداد لمياء التي لم تمانع أن يكون الخميس القادم. كل هذه التفاصيل تدور وتتصاعد، وحنان خارج مضمارها. إنها في فلك شؤون مشغلها وتوعدها التنكيل بالهيئة إن أعادوا الكرة في أي لحظة لمضايقة زبوناتها. إذ قال إنها ستجرب على سبيل التسلية بخْقَ بطن أحدهم، وأكل كبده نية وتعليق قلبه المقطر على عمود خشبي فوق باب المشغل تميمة له وعليه..

--

.. كانت زيارة إبراهيم لنا مع والديه قصيرة حيث اجتمع والدي وعمّتي معهم وقرروا ضمنياً بدء مراحل الزواج.. حنان أصرَّت أنها ستتولى تصميم فستان فرح لمياء والمِشْلَح الذي سيلبسه إبراهيم ليلتها. بينما عرض ماجد بجدية أنه سيتولى أمر الوليمة لأن الاتفاق اقتصر على صيغة عائلية مبسطة للزواج لم يزِدْ مدْعُوُّوها كثيرا عن يوم ملكتهما..

--

"من إبراهيم:
أختك إنسانة رائعة.. رائعة جداً"

**

"من لمياء: 1-2
كأني أول مرة باتبسِّم/
كأن عمر القلب ما أتألّم
بتعلِّم الدنيا مِنِ الأوّلْ.."

**

"من لمياء: 2-2

وأغنّي
من قلبي وأتكلِّم
شايف وردة معي
من جديد.. "

.. كل واحد منهما يرسل إليّ على حدة، فتشعرني بمدى إفساح لمياء لنفسها فرصة أخرى لحياتها بمشاركة يعلو فيها احتياطي الانسجام والحنان والاحترام من لدن إبراهيم..

.. منذ سافرا فرحين صوب الشرق لعدة أيام من شهر عسلهما ثم ذهبا إلى لندن..

.. لمياء ستقيم مدة فصل دراسي لتنال زمالة باحثة اجتماعية من كلية دراسات الشرق الأوسط، وإبراهيم صاقبت معه أن يُعدّ صفقة وكالات مع عدة مصانع بريطانية لأجل شركته..

"من لمياء:
اشتقت لكم كيف أبوي؟
وكيف المجنونة..؟"

**

"من إبراهيم:
أسلِّم عليكم..

بلِّغ التحيات للوالد
والأهل.. "

**

"من إبراهيم:
لمياء قدمت بحثها ونجحت.. "
.. لم يملأ فراغ لمياء في البيت أي كائن وأي شيء في
المنزل يتذكَّر ملامحها وأنفاسها..

163

رابع الباب:

جمْرَةُ العَفْق

وردة وكابتشينو

آرثور رامبو (1854–1891):
"فظيعٌ كل قمر، ومريرةٌ كل شمس:
الحب اللاذع نفخني بخدر مسكر.
حبذا لو تفجرت عارضتي
حبذا لو مضيت إلى البحر!"

-1-

.. انهمكت في عملي أكثر، لكنني..

.. بتُّ أرى "ماجد" في حالة لم أستطع استيعابها ربما لانشغالي فيها صار يتصل عليّ مراراً بلا موضوع يريد أن يتكلم به ودائماً ما يخلِّف اتصالات فاقدة الرد عليها. سواء كنت في إحدى المحاضرات أو مساءً في إحدى صالات النادي حتى عندما يأتيني عنده وقت خروجي يأخذني بسيارته، ويذهب ليدور في شوارع الرياض مُقْصياً إلى أيِّ طريق سريع ويشبك يدينا ببعض أحياناً فوق الصندوق المنصِّف ما بين مرتبتي المقعدين الأماميَيْن أو يشدُّها نحو مكان قلبه. عندما أطلب منه أن نعود إلى البيت يُعلِّي صوت المسجِّل ويقصي نفسه في شرود مرة كاد ينحرف بالسيارة نحو طريق خارج الإسفلت لولا ساعفته برد المقود، وأخرى أوقفنا أمن الطرق لتجاوزه السرعة..

.. أحد هذه الأيام التي لم أتكهن فيها معنى اضطرابه

الضاجِّ داخله سحبته من يده مجبراً إياه على النزول، لكنه يتمنَّعُ الآن فيما كان سابقاً أراه يتقدَّمني حيث لم يكن سوى فرداً مقبولاً بشكل يضاهي أهل البيت..

.. صعدت إلى غرفتي أريته بعض ملابسه في الدولاب وجزمه ثم فتحت الخزانة قدمت له تي-شيرتاً بمثابة هدية تنقَّصْتُها له، وأشرت إلى كتبه فوق طاولتي، أيضاً شنطته التي يعلِّقُها على كتفه يحملها العلاق لأوضح له أن هذه غرفته، وأنَّ بها أشياء له..، ولم أعرف. كيف أسأله عمّا يشكو منه. لم يقل شيئاً، ولم يظهر في وجهه سوى امتعاض في تقطيب حاجبيه، وإمعانٍ في شرود..، فنهض رافعاً ذراعيه ليطوِّق عنقي، فلَفّه ذراعاي حول خاصرته وسألته عمَّ فيه..

: "ما راح تفهم شي."

: "قل لي بس!"

: "ما أدري ليش ما أقدر.."

.. حاولت أن أزيحه قليلاً ليتقابل وجْهَانا، فانهمرَتْ عيناه بدموع يَطْويها غبار صمته، فشددت رأسه إلى صدري، وأخبأت بيدي وجهه حتى أفاض رجْعَ دموعه قبَّلْت جبينه، فتراخت ذراعاه عن كتفي حتى أعلى خاصرتي وشدّني نحو جسمه وقبَّلَ أعلى صدري المكشوف من التي-شيرت، ونظر إليَّ قائلاً أنه يريد الذهاب إلى بيته لأنه يريد أن يرى والده.

.. راح نافشاً في ذاكرتي: "ما راح تفهم شي."،

وظننت أنها مسألة عائلية يريد سبق الحديث عنها مع والده. إنما ظلَّ يحمل ملمحاً حين أستعيده بعد خروجه بقي ينتابني طيلة ساعة أرجأت منامي..

-2-

.. أفتقد لمياء كثيراً وهي أخت صارت أماً روحية، وظلاً لي دائماً. كذلك أفتقد إبراهيم صديقاً وأخاً لا تكتمل دورة لحياتي بدون خطوات لهما فيها، لكنني أعزي حالي بأن الشخصين اللذين أفتقدهما مهمان لي وعارفاً مداهما عندي صارا وهما البَلْسَمان في اجتماعهما تضاعف قدرتهما على دفع عجلة شفاء أي مرض وتفعيل دور الإرادة عند معالجيه..

.. فكرت أن أكتب رسالة إليهما تعبيراً عن الفقد وكل مشاعر أكنّها تجاههما، وعلاقتي المنفردة بكل واحد منهما..

.. لمياء.. أخت تحمل مزاياها..

.. إبراهيم.. صديق يفيض بمواقفه..

.. سأكتب لهما..

.. سأكتب لهما نيابة عن صوت أمي الذي ما زال يسكن شعاع الأباجورة التي أضيئها ليلاً قبل منامي إذا لم يكن غلبني النوم أو كنت أتلَقَّى أنفاس ماجد ليلتها..

-3-

.. صُعقت باتصال ضابط شرطة واستدعائي إلى مكتب تحقيقات لأرافق أختي حنان التي تركت عشرات الاتصالات الفاقدة الردّ عليها، متلقياً اتصال ذلك الضابط قبل اتصالي عليها..

.. كنت لأسألها حال عودتي للبيت وجدتها متحفزة باغتتني حال سقوط نظري عليها:

: "جت منهم أبسوّي مَنْكَحْ بالهيئة..!"

.. لم أستوعب. ماذا تنوي عليه لأنني آتٍ لأستفسر عن أمر استدعاء الضابط لها، وتساءلت عن علاقة فخّها الذي تزمع فعله بالهيئة.. ما هذا الغبار..؟.

--

.. رحت معها إلى المبنى الذي وصف لنا طريقه الضابط، وجلسنا أمامه. تكلَّم بطريقة مهمة بعد أن بدأ عن تعاون المواطن مع رجال الأمن، وردع أي تصرف فوضوي، باغتته حنان بسؤاله أنها لم تفهم ما الأمر؟، واستأذنته أن يوضح الأمر لأننا مرتبكان، ولا نستطيع مساعدته ما لم يحدد ما يريد..

.. كادت حنان أن تطلق صرخة لولا سيطرتها عليها

حيث أخبرنا أن تجَّار حشيش يعتمدون على موزعات للبضاعة من النساء وأن بعضهن ربما يقصدن مشغلها لذلك أو أن يغرين العاملات الفلبينيات طالباً منها أن تشدد انتباهها على الزبونات خاصة المدخِّنات، وعن أي زبونة تحضر دون أن تطلب خدمة سواء من الخيّاطة أو مصففة الشعر..

.. كنت في حالة ذهول حين خرجنا بينما حنان راحت تقلِّب في ذاكرتها بصوت عال أسماء كثيرة لبعض الزبونات عندها وتصف ملابسهن وأنواع الشنط وزياراتهن أو إن كُنَّ قد جئن برفقة صاحبات لهن، طمأنتها أن ليست مكلَّفة لتشكَّ بكل من تأتي إنما خذي حيطتك واحْذَري لا أكثر. لم تظهر أي قناعة في وجهها بل شعرْتُ أنها تدبِّر لأمر..

--

.. أعتقد أنها كوَّنتْ مركز معلومات على شكل ملفات لكل زبونة تأتيها حيث طلبت مني برنامج جدولة لحمل كل هذه المعلومات. فعلت ذلك من أجل تبديد توترها، لكي تخفف من تعجُّلها في اتهام أحد حين تبادر بتوصيل تقرير إلى ذلك الضابط..

.. عندما عرف والدي بعد أن جاء بأيام كرَّر كلامي لها، وأضاف أن ذلك ترتيب أمني هذه الأيام يطال شؤوناً

كثيرة يتخفَّى مرات بنقاط تفتيش عن تاريخ اقتراب نهاية أو
انعدام وجود الرخصة والاستمارة احتياطاً للسيارة المسروقة
التي ربما تستخدم لنقل ممنوعات من مخدرات وقوارير
مشروبات مُسْكرة أو حتى أسلحة موضحاً لها حالة العراق
الحالية تحت وطأة ما بعد الحرب الممتدة حتى الآن..

-4-

.. شغلتني حالة ماجد..

.. فكرت في الاتصال به صباحاً إنما أرجأت ذلك لمساء ما بعد التمرين لنلتقي، ونهوضه من بعد قيلولته..

.. حاولت أن أطْمَئِنَّ على حنان في غرفتها قبل خروجي إلى النادي. طلبت مني أن أوصلها بدل السائق إلى المشغل، فخرجنا..

: "ألله يستر.."

.. قالتها بعد أن نزلت طمأنتها، وإن شعرت بأي شيء لتتصل عليّ.

.. ناصر لم أره اليوم في صالة التمرين سألت المدرب عنه أخبرني أنه منذ يومين لم يأتِ ربما هو في سفر، واستغرب أنني لا أحمل رقم جوّاله.

.. تفاجأت عندما رأيت "ناصر" ينتظرني عند مقهى النادي واقفاً مع متعب الذي غاب منذ سنة، ولم نره بعد ما تزوج. سلمت عليهما، لم يطل حديثنا أنا ومتعب حتى أقبل ماجد علينا، نقمت على نفسي كيف لم أذكر أن أتصل عليه؟. أضعت مسألة بسيطة ليدرك أنني مهتم. عنّفت نفسي لحظتها لم أعرف ماذا أفعل؟... أ يكتفي متعب بالجلوس معنا في المقهى ويذهب أم يريد معاودة علاقته المنقطعة بنا؟.

هل عرف بزواج إبراهيم من إحدى أختيّ أم يعرف أنها غير من أمَّل بها حين ذاك؟.

.. نسيت أن أعرّف متعب على ماجد وأدعو الثلاثة مع معرفتي المسبقة أن ناصر سيعتذر ولن يرتاح ماجد بوجود آخر سوانا..؟.

.. جاءتنا مشروباتنا المعتادة. عصيران لي ولناصر أمَّا القهوة التركية فلمتعب وماجد الكابتشينو مع نكهة طلبها حين لم يعرف النادل ذهب معه إلى الداخل.

.. طلبت من ناصر لحظتها أن يعطيني رقمه. فتحت القائمة لأسجله ونطَّ بوجهي اتصال من حنان تصرخ: "الحق.. الحقني الهيئة عندي.. ضربتْ حريم رْجَال،.. تعال.. ".

.. اعتذرت سريعاً منهما واستأذنت بالذهاب مشيراً لماجد أنني أريده الليلة.

-5-

.. وصلت إلى المشغل.

.. حنان خارجة تجادل أحد رجال الهيئة، وتحرِّك غطاء رأسها بارتباك بينما يجرجر الآخرون ثلاث نسوة تظهر بدانة اثنتين منهما بينما الأخرى نحيلة..

.. اقتربت وسمعته يقول: "ما فيه باس، لكن اعتني بالخمار الشرعي..". ذهبوا انسلالاً بعد أن تشبَّثَتْ بي، وهي تزفر: "اطْلَعوا رْجال، يا عبد الرحمن.. اطْلَعوا رْجال..!"

.. لم أفهم شيئاً..

.. دارت برأسي تساؤلات عمن ضربتهم حيث قالت لي في الهاتف وعمن صاروا رجالاً.

.. أخذتها إلى البيت بعد أن أقفلت المشغل ظلت مهتاجة وهي تُحَلْطِم وتتعجَّب تطرق يديها على ركبها، وتلتفت: "هذا اللي قدروا عليه".

.. تضيع عيناها غاضبة ومحتقنة: "أقوله اتركهم أنا مسامحتهم"

.. يقول لي: "الخمار الشرعي يا أختي".

.. أقول: "العراق تنضرب!"

.. يقول لي: "يا للعار إذا لمس الحريم علوج الأمريكان.."

.. أقول: "فلسطين اذبحوا أهلها!"

.. يقول إمام الحرم: "اللهم ارحم سُنَّة العراق!"

.. وفي الكويت مساجد تلَعْلِع: "اللهم انصر أمريكا."

.. أقول: "يبون خبز ومويه لازم أروح للعراق..!".

.. يقول: "أعوذ بالله من الاختلاط بدوا بالبطاقات الشخصية وأفسدوا النساء ماذا بعد أكثر من هذا الفساد؟!..".

.. أقول: "الحشيش منتشر.."قال لي الضابط..

.. "لا تدَّعي على أرض الإسلام.."

.. أقول: "اتركوا ذولا شباب بس بيسوُّون مكياج أنا خلاص مسامحتهم.."

.. ويقول: "لعن الله المتشبهين بالنساء من الرجال..".

.. ويكرر: "الخمار.. الخمار.. الخمار.. يا مليحة..".

-6-

.. "قُلْ لِلْمَلِيْحَةِ في الخِمَار الأسْوَدِ:

ماذا فعلْتِ بناسِكٍ متعبِّدِ؟

قد كانَ شَمَّرَ للصَّلاةِ ثيابَهُ

حتَّى خطَرْتِ لَهُ ببَابِ المَسْجدِ

رُدِّي عليْه صَلاتَهُ وقيامَهُ!

لا تَقْتُلِيْهِ، بحَقِّ ديْنِ مُحَمَّد.." (*)

.. أوهِ..، من المسكين، يا قُثم القرَشي..، سجَّانك أم الدارمي؟.

.. أوهِ..، أيها الفحولُ المُتبَّلون بفقْهِ شهَواتكم تريبكم السُّننُ وأعجازها الخاوية.

.. أنت السامِعُ، سامِعٌ لمَنْ يغنّي بخصيتيه أم بحنجرته؟

.. يا لَبُؤسِ نهْمَتِك المجروحةِ الرِّغَاب..

.. يا عوَض دُوْخي..

.. يا لَعويْلِ حِجَازك الضَّائع..، يا صباح فَخْري..

.. لم يسمح لي هذيان حنان طيلة الليل من أن أفكر برواية القصة التي حدثت لها بشكل ظريف لأبي من باب النكتة وقت الغداء..

(*) شعر لمِسْكين الدارمي.

.. رحت أذكر أحد أهداف بيان المناهضة الذي لم أوقِّع عليه عندما اقترحه عليَّ د. محمد..:

- رفع الحصار الاقتصادي العربي عن العراق وإنهاء معاناة الشعب العراقي.

- توفير جميع وسائل الدعم السياسي والمالي للانتفاضة الفلسطينية، والوقوف بفاعلية ضد وحشية "إسرائيل" القائمة على سياسة الإبادة وتهجير الشعب الفلسطيني من وطنه.

-اعتماد الأنظمة العربية على قواها الداخلية وقدراتها الذاتية لمقاومة الضغوط الخارجية وذلك بإطلاق الحريات واحترام كرامة المواطن وحقوقه، وبناء جسور متينة من الثقة والتعاون تقوم على المشاركة الوطنية في صنع القرار بتثبيت وإقرار سلطات دستورية(تشريعية، تنفيذية وقضائية).

.. تكلمت حنان ناسية جملة ومرة تعيد شرح الأمر، وخلطت أن نساءً يلبسْنَ ثياباً، ويضعْنَ لِحًى مثل الهيئة والعكس..

.. نفت أن يكون أولئك الشباب كانوا يريدون سوى بعض الزينة حتى إن العاملات لم يشعرن بأنهن رجال، بل كنّ في المشغل من المغرب واحدة منهن تزين أظافرها والأخرى تصبغ شعرها بينما الثالثة تلبس فستان سهرة بعد أن غيرت لبسها النسائي عندما كنت في قسم الخياطة وقتها..

.. ضحك والدي واعتبر هياجها المتدفِّق في غير محله

باقتراحه ألا تهدر مشاعرها إلّا لأمر يستحق. كادت أن
تستشيط منه فانهالت عليّ تسأل مؤكدة أن هذا الأمر غير
طبيعي واستدار حديثها إلى سخرية ما إن لمحتها حتى رفعت
الشوكة بيدها، ومسكتها مثل قلم:
"برسل خطاب لإدارة البعثات بطلب محللة نفسية
عاجلاً.. "

.. بالطبع، لن يخفت جمر تحت رماد سخريتها،
فنهضت طالباً منها أن تتحمَّد لربها، ولم تصل المسألة لما
كانت متوقعة..

.. أقلب في الولاعات وألفّ قاعدتها. لم أعرف سبباً
دفعني إلى دخول بنده. قلما مررتها. ربما تأخر الوقت ولم
تعد أية بقالة تسهر. قطع تململ البائع الهندي طلب شاب
أسود بدا أنيقاً وجذاباً. كأنما يستكمل حياته خارج فيلم
هوليودي. يؤكد أن الزنوج نظيفون ومتهندمون ويضعون عطوراً
باردة!

.. وقفت إلى جانب سيارتي لأشعل سيجارة. فكرت في
تركها والذهاب مشياً إلى البيت. فعلتها دائراً حتى المواقف
صوب شارع العروبة ثم عدت للشارع الداخلي. استوقفني
ويل سميث-هذا ما ذكره لي مستظرفاً-وعرض أن يوصلني
فشكرته وأخبرته أن سيارتي ترقد هناك، ولكن أرغب المشي،
فباغتني:

"حتى أنا زهقان.."

.. شعوري بصغر سنّه سهّل قبولي، فقد استقبلني مايكل جاكسون زاعقاً حيث كان مثل خنفسة تتنقل داخل السيارة وهو ينبعث من المسجِّل!

"تأخذ سيجارة؟"

.. أشرت بالتي بين أصابعي، فقطب جبينه:

"سيجارة.. سيجارة يا أبوي!"

.. تناولتها منه واستطعمتها، وهي تكاد تنشقّ من قلبها وظهرها.

..

..

..

.. سرت خدرة في أعصابي لولا رعشات متقطعة في العضلات. ارتخيت، ولم أشعر بحركة الزمن ولا حركة عجلات السيارة.

.. لم يكن المشوار طويلاً، ولم يعن لي سوى إكمال السيجارة التي تبادلها معي ثم تركها بين أَصابعي، وأشعل أخرى بدت مكتنزة وطرية عن الأخرى.

.. لم يسلني اسمي ولم يخبرني ما اسمه. تذكرت أنه قال اسماً لم أرهق نفسي في تذكُّره. جلس بجانبي على كنب

كبير، وفرج ركبتيه حتى لامست إحداهما ركبتي أزحتها
فابتسم. وعلقت نظرتي إليه.

..

..

..

.. تحكمت بجوفي تلك الآهة الثقيلة والرطبة برغم
الحموضة ورائحة تطوف حول أنفي، وثوبي مرفوع ومتكدس
تحت بطني، ويد تفتش أصابعها في تغضُّنات السروال
الطويل. فوجدت ما تريد سريعاً. وأنا لا حراك لي. فمي
مفتوح بلا إحساس، وعيناي خدرتان. لا أريد تحريك أية
عضلة.

..

..

.. ربما أعنته رفعت جذعي ليخلع السروال كله. تحسس
بيد شعر فخذي وفتح بيديه ليهجم برأسه سريعاً محكماً قبضة
يديه على رقبة نسر مال عنقه ثم تصلب العنق ولكن الفريسة
تهجم، والنسر لا يقاوم!
.. أشعر بلمّة شفتيه ولعابهما الدبق. ونهض وفتح حزامه
وسحّاب بنطاله، وأنزل الثونج الأزرق بكمره البرتقالي ثم
أدار جسمه وبرك عليّ فاختفى رأس النسر!

..

183

..

.. طار النسر بلا حكمة وصرخ عندما ضاع!

.. تطايرت خنافس وعادت الجثامين ترقص. وجه مايكل جاكسون على الحائط سعيداً. بعد مياه انسلّت من عروق رقبتي وجبني. شعرت أن ثوبي تشقق واتضحت لي صورة مايكل مرة وهو أسود وأخرى وهو أبيض..

.. حضر فوق السرير أمامي جستن تيمبرليك وفيفتي سنت.. صرخات إمنيم شاتمة كل أحد. كل شيء.

.. كان عارياً يركض!

.. وأنا رافع طرف ثوبي راكضاً دون سروال.. حافياً حبات الإسفلت تركت وجوهها في باطن قدمي..

.. وجدتني أشد خرطوم الماء من حوض الشجر وأستلم له. ماء بطعم الأوراق ومرارتها.

.. نزعت كل الملابس ورميت عليها السيجارة وتركتها تنسى بياضها!

.. نعاس يكتظ في جفوني، وصوت بول يحترق ويغطي وجه ماجد..

--

.. كيف نسيت الاتصال بالأمس بماجد أو أن يتصل هو علي لطلبي منه ذلك..؟.

.. لم يرد العصر حين اتصلت عليه، واستغربت باعثاً
رسالة: "أرجو الاتصال".

.. عندما كلمته قال إنه نائم، واعتذر مرتبكاً من أنه لا
يستطيع أن يراني هذه الليلة، ولا أن يمر ولو قليلاً النادي،
لم يكن لاعتذاره سبب من أجل مذاكرة لامتحان، ولا ارتباط
مع أصحاب سيراهم الليلة كما يخبرني حيث يعرض الذهاب
علي عارفاً اعتذاري المسبق عن حد وجودي في أموره..

.. عدت بعد التمرين في غبار حيرة. دخلت البيت.

...: "تعال.. تعال، شِفْ ماجد..".

.. عندما واجهتني فور الباب، وهي ذاهبة إلى الصالة
يميني تحمل صحن مكسرات تقضم منه توقعته ينتظرني، لكن
وحدها كانت. سألتها عنه كأنما خبره عندها، أشارت إلى
مغنٍّ شبيه له يغنّي مع مغنّية أطول منه ويظهر كبر سنها عليه.
هذي ملاحظاتها. كنت أرى المغني الشاب لأقرأ شيئاً في
وجهه يخبرني. أين سيذهب ماجد هذه الليلة..؟

.. غبت عن حنان مفكراً أن أتصل مرة ثانية عليه،
وأقول: لا تفعل..!.

.. أن أذهب إلى بيته لأتأكد ممّا يحصل معه، وأقول:
لا تفعل..!.

.. إذن، ماذا أفعل؟. أفكر في أن أخرج لأبدد ضباب
حَيْرتي. كلَّمْت "ناصر" لأنزع نفسي من جحيم الظن، ولأبرَّ

بوعدي له في أن نخرج معاً، فأخذني من البيت متوجهاً إلى موعد مع صديقين، فلم أمانع.. كنت أهْجِسُ بقمري الرمادي الهارب من فضاء روحي..

.. وجدتني معه في مقهى المساء شارع التحلية المزدحم في صالتيه الداخليتين جهة شاشة تلفزيون ضخمة لمشاهدة المباريات ربما هي استعداد مستقبلي لاحتمال أن تكون صالة سينما في هذه الصحراء الإسفلتية. كأنما المقهى مدخل بهو فندق في صالته الثانية مؤثثة بكنبات فخمة، وهناك على الشرفة كراسي بسيطة مظللة تحوطها أحواض شجيرات على سياجها. طلبت من بعد إذن ناصر أن يتحرَّى النادل طاولة على الشرفة حين تفرغ..

.. جاء صديقا ناصر عرّفني بهما حسين موظف في بنك، وعبد الكريم رجل أعمال لديه محل لبيع أجهزة الجوّال. دار حديثهم بمواضيع ما بين وظيفتيهما. ظللت أفكِّر في ماجد لم أنجُ حتى في جلوسي مع هؤلاء الثلاثة. دخنت تحت كلام ناصر الساخر أن الرياضيين لا يدخنون.

.. سحبت نفَساً طويلاً بعد إشعالها، رفعت رأسي لأنفث الدخان متجنباً أن يكون بوجه أحد جلسائي. لمحت "ماجد" راكباً سيارة في مقعد الراكب، ولم أره مع من؟. كدت أنهض، لكنني مسحت بيدي من هامة رأسي حتى مؤخر عنقي، وعرضت أن نخرج بانقباض شعرت أنني أسأت،

فاعتذرت لهما قدَّرا موقفي، وكانا في حال استعداد لأن يذهبا..

.. أثناء نزولنا لمحت السيارة التي رأيت فيها "ماجد" تمر في نفس الشارع. جلسة ماجد على العرض، لم تمكِّنّي من رؤية الذي معه نطقت دون وعي، وسألت نفسي بصوت عال: "هذا ماجد؟". انتبه ناصر بعد أن أشرت إليه: "إلا هو!". صفعني وأنا أتردد في دفع سؤال عمن يكون صاحب السيارة:

"هذي سيارة متعب.. خويكم..".

.. صمتنا حين ركبنا في السيارة. استغرب مني أنني لا أعرف غرقت في دوامة مؤلمة، وهو يكمل كلامه ذلك اليوم الذي تركتهم فيه عندما كلمتني حنان، حيث استأذن بعدي ناصر منهما ليكلم المدرب بشأن تجديد اشتراكه، فرآهما يركبان معاً بعد أن جاء أحد أصدقاء متعب.

.. غليان الدم في كل عضلة تنقبض فيَّ جعلني أقع في مستنقع هواجس أنستني الاتصال على ماجد لحظتها أو بطلب متهور مني أن أجعل "ناصر" يبحث عنهما..

: "لقاها متعب معه شاب وسيم ينسدحن البنات إذا شافوه..".

.. لم يعرف ناصر كم من الحطب قذف في مجمرة حنقي المتوالي بالتصاعد، لكنني طلبت منه أن ينزلني في

الشارع عازماً الذهاب إلى البيت مشياً. توقَّع أنها مزحة وعند شعوره بجدّيتي طلب مرافقتي، وأن نذهب لنمشي في سور المدينة الطبية رفضت بشدة، وعجلت بأن يقف..

.. دخلت البيت عطِشاً وتعِباً. جسمي محمل بعرق الأضواء ومراجين دخان عوادم السيارات. أخذت حمّاماً انطفاء.. وطلبت حُضورَ مسْرح هواجسي الخروجَ إذ حان رفعُ الستار..

..

..

..

.. لوَّح لي ظلا قرن غزال، وهامات عليها عمم وعصي وأيد بأصابع غليظة، وبدت الأصوات تعلو وتختلط تذكّرني بأصواتها أعرف نبراتها، ولا أميزها، وأتحسس نغمات الألسنة تلامس وجداني والذاكرة، ولكن تظهر خيالات بعباءات مزركشة ومذهّبة، وعصي خيزران، ورائحة الياسمين والبخور الجاوي..

.. وجه امرأة يحمل بتضاريسه المحطّمة روح البحر وأملاحه بسمرة لامعة، وأنف خُزم بالذهب، وحنجرة مخمَّرة باللوعة والحرمان:

"ذكر النبي محمد يا الله صلوا عليه
وكلِّم الغزالة.. يا الله صلوا عليه

ذكر النبي محمد يا الله صلوا عليه

طه وعز الدين.. يا الله صلوا عليه

ذكر النبي محمد يا الله صلوا عليه

يضرب بحربة وسيفين.. يا الله صلوا عليه "

.. انفلج من صدرها الضخم فارس بعينين مكحولتين،
وتتدلى جديلة، وسيف بارق. الأنف أعرفه. توحَّيت صوته
من مجامع الخوذة مغلَّظاً جهيراً:

"أنا الله والله أنا.. "

.. ونهض من فأرة الحاسب الآلي رجل عليه علامات
الوقار، وشعور بالرعب جعله يرتعش ولكنه بدأ يروي
الحكاية: "وهي سنة سبع عشرة وثلاثمئة: وفيها سيَّر المقتدر
ركب الحاج مع منصور الديلمي فوصلوا إلى مكة سالمين
فوافاهم يوم التروية عدوّ الله أبو طاهر القرمطي فقتل الحجيج
قتلاً ذريعاً في فجاج مكة وفي داخل البيت الحرام لعنه الله
وقتل ابن محارب أمير مكة وعرَّى البيت وقلع باب البيت
واقتلع الحجر الأسود، وقيل: أخذه وطرح القتلى في بئر
زمزم وفعل أفعالاً لا يفعلها النصارى ولا اليهود بمكة ثم عاد
إلى هجر ومعه الحجر الأسود فدام الحجر الأسود
عندهم...، وقيل عندما جلس أبو طاهر على باب الكعبة
وقال:

"أنا الله والله أنا.. "

يخلق الخلق وأفنيهم أنا"

.. وقال شاهد من أهلها أنه دخل رجل من القرامطة إلى حاشية الطواف وهو راكب سكران فبال فرسه عند البيت ثم ضرب الحجر الأسود بدبوس فكسره ثم اقتلعه، وكانت إقامة القرمطي بمكة أحد عشر يوماً..

.. وكان هذا الملعون أشد ما يكون من البلاء على الإسلام وأهله وطالت أيامه ومنهم من يقول إنه هلك عقيب أخذه الحجر الأسود أعني في هذه السنة والظاهر خلافه وكان أبو طاهر المذكور مع قلة دينه عنده فضيلة وفصاحة وأدب ومن شعره القصيدة التي أولها:

"أغرَّكم مني رجوعي إلى هَجَرْ
فعمَّا قليل سوف يأتيكم الخَبَرْ
إذا طَلَعَ المِرِّيْخُ من أَرْضِ بابلَ
وقارَنه النَّجْمَانِ فالحَذَرَ الحَذَرْ
فمَنْ مُبْلِغٌ أهْلَ العِرَاقِ رسالةً
بأني أنا المَرْهُوْبُ في البدْوِ والحَضَرْ

.. ومنها:

"فيا وَيْلَهم مِنْ وَقْعَةٍ بَعْدَ وَقْعَةٍ
يُسَاقُوْنَ سَوْقَ الشَّاءِ للذَّبحِ والبَقَرْ
سأصْرِفُ خَيْلي نحْوَ مِصْرَ وبُرْقَةَ

إلى قَيْرَوانَ التُّرْكِ والرُّوْمِ والخَزَرْ

.. ومنها:

"أكِيْلُهُمْ بالسَّيْفِ حَتَّى أُبِيْدَهُمْ

فلا أُبقي منهم نسْلَ أنثى ولا ذكَرْ

أنا الداعي للمهْديِّ لا شَكَّ غَيْرَه

أنا الصَّارِمُ الضِّرْغامُ والفَارسُ الذَّكَرْ

أعمِّرُ حَتَّى يأتي عيسَى ابْنَ مَرْيَم

فيَحْمِدُ آثاري وأرْضى بمَا أمَرْ"

.. وفيها قبض المقتدر على الوزير ابن مقلة وأُحرقت داره وكانت عظيمة قد ظلم الناس في عمارتها، وعز على مؤنس الخادم حتى لم يساوره المقتدر في القبض عليه ثم استوزر سليمان بن الحسن فكان لا يصدر عن أمر حتى يشاور عليَّ بن عيسى وكانت وزارة ابن مقلة سنتين وأربعة أشهر وثلاثة أيام".

-7-

.. جلست أنتظره في البيت..

.. لم يكن والده موجوداً كما توهمت. أدخلني الخادم في الصالة. قدمت الخادمة كأس عصير نسخ وجهه فراشات قلقي، وكان يظهر من كل باب أو نافذة دخان أحمر وأشعر أن عروق الرخام تتحرك بدماء زرقاء. شعرت أن جسمي عرِق، فلما قبضت على طرف التي-شيرت، وضغطت عليه سرَّب ماءً بارداً..

.. أسندت كوعيّ إلى ركبتيّ لأسند وجهي على راحتيّ المثنيتين رحت أطالع في عروق الرخام الزرقاء، فتمثل لي وجه ماجد عاتباً احتضنته بيدي العَرِقتين فلم أجهد برفعه، لم يكن جسمه مكتملاً في منتصف جذعه فراغ يتموَّج مثل العروق وراح يبتسم بخجل ويخفض رأسه، فاستلقيت شاداً إياه إليَّ ورفعته مسافة ارتفاع ذراعي أطالع وجهه العاتب. كان العرق ينزُّ من جبينه استغربت برود قطراته التي توالت فتحت عفْقَ هدبي.. لأرى حنان ترفع كمّاده مُبَلَّلة من جبيني..

.. زفرة ارتياح حملت وجهي، وهي تنتقل إلى جهة السرير الثانية لتفتح الستارة، وتسألني. ما الذي حدث البارحة

لأعود بحماي وهذياني طيلة الليل تتراخى نجومه منتحرة في وجهي قطرات..؟.

.. امتننت لحنان ساهرة دون أن أدري، لكنها اختزلت ما فعلت مجيِّرَة أن لمياء لو كانت هنا لعلَّمَتْها ما تفعل. شكرتها على كل حال.

.. اتصلت بماجد كانت الساعة العاشرة صبحاً يوم الخميس ردّ من نومه، وقال إنه سيطلبني بعد أن يصحو، لكنني طلبت منه المجيء..

.. رحت آخذ دوشاً، وعرضت عليّ حنان أن نذهب إلى مركز المملكة لنتغدى هناك، وافَقْتُ باشتراط أن يأتي ماجد. لم تعرف أنني اتصلت عليه قبل قليل..

.. رحَّبتْ شرِهَةً على غيابه عن البيت: "لو كانت لميا هنا ما كانت سامحته..، ليش وش فيه؟"، افترضت أنّ امتحاناته غيبته للمذاكرة أو أن هناك مشاغل عائلية مع والده..

.. لم يتأخر ماجد كثيراً كنا ننتظره. ما إن جاء حتى راحت تسأله:

"وش إنت مسوِّي يا ولد أبوك؟.".

.. التفت إليّ مرتبكاً كأنما يطلبني إجابته!. تظاهرت أنني أسبقهما، لكنني تباطأت خلف الباب لأنصت، لكنها أمطرته بأسئلتها وراحت تؤكد ملاحظاتها على المغنية ذاتها

التي قالت إن من يغنّي معها يشبهها، تجاوب معها فوراً وراح يزيد بأمور لم أفهم منها شيئاً ذكر لها المخرِج، المصور والمنتج..

--

.. بما أن المركز التجاري يتكون من ثلاثة طوابق استأذنتْ حنان أن تذهب لآخرها الذي يُمنع فيه دخول الرجال.

.. مشيت أنا وماجد عازماً أن أسأله، لكنني ترددت. دخلنا محل ملابس، وتجوَّلنا به أخذنا ما أعجبنا، ودفعت قيمتها حاسماً له أنها هدية مني.

.. على أن هذا الأمر حسمته منذ معرفتي به لكونه ما زال طالباً وأنا الموظف مؤكداً عليه مرات ألا يستحي في طلب أي مال في حال تأخر مصروفه أو نسيان والده المسافر كثيراً لملاحقة أعماله.

.. تسلنا كثيراً في المركز، بعد الغداء عدنا للبيت. فضَّلَتْ حنان أن تتركنا لتذهب إلى المشغل مشيرة على الخادمة أن تفوِّح لنا نعناعاً. صعدنا إلى غرفتي لنجرِّب الملابس.

.. أعجبتني تقاسيم جسمه الطبيعية، ثنايا عضلاته، ظهره

وبياض جلده الحليبي يشيع ضوءاً. كان يتحرك بطفولية عندما أدار جسمه ليبحث عن تي-شيرته الجديد مُتَعَكرفاً ببنطاله الذي أنزله حد ركبتيه وبالتفافه اشتبك بكعبيه، ولم يحرِّرْ منه قدميه.

.. رحت لأساعده حملْته مثل رضيع لم يحاول أن يخفَّ نفسه ليقف بل شدَّني إلى الأرض مطبقاً شفتيه على شفتيّ بهدوء مُغْمِضاً عينيه. تطلَّعْت فيه، ثم طلبت منه أن ينهض ليكمل لبسه. سألني ما إذا كنت سأذهب إلى النادي، رددت أنني لست ألزم نفسي به في نهاية الأسبوع، عرض مؤكداً أنني متْعَبٌ، ولا بد من أن يمسِّج لي جسمي وافقت، ولا أعلم ما الفكرة التي جعلتني أندفع بالموافقة. دخلت الحمّام أخذت دوشاً وخرجت ملتفاً بفوطة فقط بينما هو أراح قدميه من علق البنطال فيهما، وبقي بشورت بعد أن نزع قميصه الذي كان يجربه.

.. راح بجدية يدلك جسمي وتظهر براعة نزع الفوطة مما غطت جسمي ودلَّكه لي..

.. حين انتهى طلبت منه أن يعيد ذلك أعاده مثل الأول، ولم يرد..

.. استلقى بجانبي شبكت يدي بيده، فسحبها إلى شفتيه، ولم أفكر ساعتها بأي كلام أتفوَّه به.

-8-

.. ابتدأت أعد أول أسبوع من امتحانات طلبتي بمساعدة د. محمد. معتبرين أن الأحداث الحاصلة لن تؤثر على مسارها بالأخص على الطلبة..

.. وعلى حد قول أحد الكتّاب الذين علّق د. محمد مقطعاً من مقاله على باب مكتبه"العراق خاصرة الجسم العربي المريض الذي يتوهَّم نفاعة الاستشفاء بينما سرطانات بدت تصدر منه إلى العالم.. ".

.. كلَّمَتْني حنان أن أحرص على وجودي وقت الغداء لأنها تريد أن تجلس معي. أخبرتها أن هذا ما سأفعل.

.. صادف غداءنا مجيء والدي الذي كان مَجهَداً، وشكته حنان أن هذه الأيام ستقل الحركة على المشغل لموسم الامتحانات. عرض عليها أن تزور جدتها صفية.. وافقت آسفة أنني سأبقى وحدي، لكنها فرصة لأضمن فسحة وجود ماجد عندي. على أنني أعرف أنه سيوافق أيام امتحاناته، فعلَّلْت لنفسي أن وجوده عندي ليذاكر سيريحني حتى لو انشغلت بتصحيح امتحانات طلبتي.

-9-

.. عندما تفقدت بريدي الإلكتروني وجدت رسالة
لإبراهيم يخبرني بقدومهما بعد أسبوعين، فرحت بذلك،
فاتصلت أبشِّر حنان التي صرخت فرحة بدورها، وقالت إنها
ستقيم حالة استنفار لتُعد غرفتهما كما اتفقا على أن يبقيا معنا
حتى يكتمل تأثيث شقة أخذاها نهاية شارع العروبة ليكونا
بقربنا.

.. فكرت يوم الخميس بعد جهد طيلة الأسبوع أن أزور
أصحابنا في الاستراحة، واتصلت بناصر أن يرافقني، فوافق
ماراً عليّ بسيارته.

.. وصلنا إليها، وسلَّمْتُ على قليل أعرفهم، وكثيرون
تبدلوا ليسوا ممن ألفتهم عيني سابقاً. جلست مع اثنين
أعرفهما، وقام بعض ليلعبوا كرة الطائرة ناهضاً معهم ناصر،
سألني مساعد-صاحب لإبراهيم-عن أخباره، وبارك عندما
عرف بأمر زواجه من أختي. سألني عن متعب. هل ناسبنا
أي تزوج منا..؟. نفيت ذلك. رددت سؤاله عنه إن كان
يراه، قال إنه يأتي أثناء صديقين في الاستراحة المقابلة لنا
حيث صادفه مرة في نزول كل واحد من سيارته الخاصة،
لكن أضاف مساعد عن نفسه أنه لا يسهر هنا لارتباطه بزوجته

197

وولديه بينما صديقه الثاني قال إنه يراه في وقت متأخر في حالة غير طبيعية.

.. بعد أن تعشينا طمأنتني ألفة ناصر لجو الشبيبة، وبادلهم النكت، لكن نوى مساعد الخروج، فلحقت به لأودّعه حتى سيارته، ولأحضر جوّالي إذ نسيته في السيارة آخذاً المفتاح من ناصر.

.. تفاجأت أن سيارة ماجد تقف عند باب الاستراحة التي عيَّنها لي مساعد حيث يأتي متعب..

: "ما أشوف سيارات برَّا.."

: "لا يدخلونها في الكاراج.."

.. تظاهرت بالبقاء في السيارة وطلبت ماجد، لكنه لم يردّ..، استوهمت معرفته بوجودي في الاستراحة المقابلة، لكنني استبعدت ذلك تماماً لأنه لا يعرف سيارة ناصر. رحت إلى سيارته، وأطلّت عيني بها، وأعدت مكالمتي رأيت ضوءاً يتردد في الفتحة التي تعقب مكان المسجل المعتاد أن يضع به أوراقاً أو أشرطة لمحت جوّاله بصعوبة..

.. احتدَّت الهواجس في رأسي. فكرت في طرْق الباب، لكن لا أعرف من سيفتح بوجهي؟، وماذا سأقول له..؟.

.. عدت مغتماً وجلست على الدَّكَّة أدخِّن ويتطاير الدخان دوائر كأنما هي زوبعة غضب..، نفيت لناصر أني

أرغب في الذهاب الآن حين جاء يسألني، ثم طلبت منه أن يذهب ليبحث عن جوّالي في سيارته متظاهراً أنني لم أجده راح وعاد يستفسر عن سيارة ماجد الواقفة في الخارج بعد أن افترض الجوّال فقدته هنا لا في السيارة..

.. بعد ساعة غليان وقف الشباب من اللعب وخرج أغلبهم ليأكلوا مرة ثانية حيث غلبهم الجوع، فلم يبق سوانا وثلاثة شبان..

.. بعد نصف ساعة تثاءب أحدهم، واستأذن، فعرضت على ناصر أن نخرج مودّعين. جلسنا في السيارة، وتلقفت تساؤلات في وجه ناصر..

.. هل ماجد في الاستراحة المقابلة..؟. هل أعرف من معه..؟.

.. لم أستطع الرد ونفرت سؤالي: كيف نعرف لأجيب على أسئلتك التي هي أسئلتي أيضاً..؟.

.. أخفض رأسه محرجاً. شاهدت آخر اثنين كانا في الاستراحة يخرجان ركبا سيارتهما.

.. انشغلت في اتصال على ماجد.. بعد أن سألني ناصر، فأخبرته أنه لا يرد لأنّ الجوّال في سيارته، وأشعر بقلق. نزل وسألته أين ستذهب؟. توجه إلى الحارس. طرق الباب تبعته إليه فتح لنا رجل سوداني سألته إن كان من أحد في الاستراحة، فقال:

"عمّي متعب وأبو ريم وعبد الله .. " .

. . ربما ظن أننا مدعوون. سألته عن سيارة ماجد لمن
تكون؟. تذكر أنه أعطاه مفتاح السيارة ليدخلها إلى الكاراج،
لكنه نسي عرضت عليه أن يعطيني المفتاح رفض حيث وعى،
فقلت إنني أعرف صاحبها، وراهنته أن يرى الاستمارة.

. . سلَّمني المفتاح حيث تأكد معتذراً وفتح باب
الاستراحة لنا، عارضاً خدمته شكره ناصر وطلبه أن يذهب
إلى غرفته.

. . دخلت أنا وناصر لحظتها أخفضنا رأسَيْنا بسرعة إذ
بان على مقعد في حديقتها رجل كبير السن حاسر الرأس
وأشيب يدخّن. سمعنا بعد ثوان شهقت وارتطام، رفعت
رأسي متمهلاً وجدت ذلك الرجل ملقًى على الأرض مطَّرحاً
على وجهه. تقدمت لأتأكد من أنه يتنفس نقر كتفي ناصر
لأرى جهة شمالي وجدت "ماجد" يراقص "متعب"
مترنحين. إذ إن زجاج الصالة الجالسين فيها يتيح لنا رؤيتهما
دون ذلك لهم، وكان يشد ذراعيه إلى الأعلى ليجعله يرقص
بخصره. فجأة نهض الرجل الثاني، وسجم من وراء ماجد
وراح بعنف ينزع بنطاله جننت رحت لأبحث عن باب
لأدخل، كان مقفلاً ورحت أخبط عليه بشدة، لكن صوت
المسجِّل أعلى وهما ينقضان على ماجد أبعدني ناصر هاماً
بكتفه لم أصبر ذهبت سحبت فأساً من حوض الزهور المحيط

بزجاج الصالة وكسرته فتطايرت دخانات عفنة الرائحة وطبول نافرة الصوت، فاندهشوا لم يميزوني إذ لم يكن الكسر الذي أحدثه الفأس يمكنني من الدخول لحظتها رأيت "ناصر" يندفع ليشد الرجل الذي علق وراء ماجد لحقته داخلاً واندفعت على متعب أضربه وأركله بكل ثقل حتى كاد أن يُغْمَى عليه. حملت ماجد الذي كان يهذي وخرجت أنا وناصر. سمعنا صوت رصاصة تنطلق في الداخل وحين خرجنا من الباب، حمل ماجد مني ورأيت الرجل الذي كان مطروحاً على الأرض يصوِّبُ مسدسه في الفتحة التي أحدثتها وهو يعوي مطفئاً سيجارة بقبضة يده:

"قطعة كبيرة يا حمير يا كلاب.. ما تخافون ربكم.." .

.. صرخ ناصر أن أخرج وأقود سيارة ماجد وأهرب ويلحقنا بسيارته..

––

.. دخلت البيت أحمله بعد أن أومأت لناصر شكري على لحاقه بنا حتى وصلنا.

.. فزعت حنان وسبقتني إلى غرفتي حيث أشرت أن نضعه. ساعدتني في خلع ملابسه الممزَّقة، والتي تنجَّسَتْ بأيدي الوغْدَين اللذين اعتقدت أنهما يسبحان في دمائهما بعد أن رأيت ذلك السكران يصوب مسدسه لأنهما خدعاه..

201

.. لم أعرف إن كان ماجد في وعيه أم لا؟، فهو يستجيب إن أوقفته أو طلبت منه أن يرفع يداً أو رجله عندما ساعدته في الاستلقاء بينما راحت حنان لتحضر ما يمكن أن نسعفه به. هناك كدمة على جانب وجهه واحتزاز عند رقبته. تعاونت وإياها على مآلمه، ثم تذكرت أنها تركت عصير ليمون في الثلاجة راحت تجلبه مع حبة مهدئة أعطتها إياه ورفعت رأسه ليستطيع شرب العصير.

.. خرجنا بعد أن طمأنتنا أنفاسه. استغربت أنها لم تسألني عن أي شيء. صمتت، فقلت شيئاً من الذي صار: "مخانقة شباب.. ".

.. بلغتني أن موعد عمَّال الأثاث سيأتون غداً ليركبوا غرفة لمياء وإبراهيم، لئلا أنسى..

--

.. طيلة الليل، وأنا بجانبه على السرير أرى أنفاسه القلقة وروحَ الفزع المُظلِّلةَ جسْمه. اقتربت منه لأشعره بي التفَّ لينام على جانبه وتداعت أصابعه على صدري وشدَّ قميصي بقبضة يده، ولم ينزع يده حتى نهضت ظهراً..

.. سألتني عنه حنان بعد أن نزلت: "ما أدري ما صحا! ".

: "إمشِ نصحيه.. ".

.. صعدنا معاً ربتت على يده تناديه فتح عينيه، وقالت:

"يا اللا يا مجُّودي أمَلْ تحتريك تحت.. ".

.. ابتسم لها، فخرجت بعد أن تأكدت أنه يستطيع النهوض ليشاركنا الغداء، لكنني استجمعت حنقي عليه، وطلبت منه أن يرحل بعد الغداء، وألا يريني وجهه بعد الآن، ولم أجعل أي عاطفة تثنيني عن كلامي موجهاً ظهري له، فقبض على عضدي بيد مرتعشة، وقبَّل ما وراء كتفي.. راجياً ألا أقسو وأنني لا أفهم.. قبضت على نفسي بعنف لئلا أنفجر من عبارته، وقلت:

"أصلاً ما لك كلام معي بعد الحين".

.. جلس صامتاً فترة الغداء حتى عندما عرضت عليه أن أوْصِلَه للبيت لئلا يقلق والده عليه، وافق، وحين نزل: "كل شي أقبله منك إلا أنك تظلمني، لكن سامحني حتى لو ما شفتني بعد اليوم.. ".

-10-

.. فرحنا بعودة لمياء وإبراهيم..

.. والدي رجع مساء اليوم نفسه ليراهما شعَّت طيلة أيام الأسبوع دنيا الترحيب بهما وزيارات بين العائلتين الصغيرتين.

.. انتهت الامتحانات وطلعت نتائج طلبتي، ولم أفكر في الاتصال بماجد لأسأله عن امتحاناته أو حتى أخباره. على أن فضولاً ينهبني كي أعرف سبب مماشاته لمتعب بل استغربت تلك الليلة المشؤومة التي أنقذته منها بمساعدة تفكير ناصر حين تعطَّل تفكيري تماماً من هول مفاجآت صادمة من تصرفاته. تجنبت أن أخبر إبراهيم أي شيء.

--

.. فرغنا من الغداء وجلسنا نحتسي نعناعاً أنا وحنان تشاركنا لمياء بينما صعد والدي إلى قيلولته.

وإبراهيم يتلهى بجريدة، فثنى صفحة منها على طول ثم عرض وسألني: "من هذا أبو [illegible]؟".

.. بدا عليّ ارتباك على اتساع حدقة العين فقد كان نعياً له وسبب الوفاة حادث. أوجبني أن نذهب لنعزي. تساءلت لمياء عمن نعزي فصمت إبراهيم ونظر إليَّ فغضضتُ نظري إلى سبابتي تلاعب مقبض الفنجان وشردت..

--

.. سألتني لمياء عن ماجد، فلم أردّ لحقتها حنان:

"إيه وش صار عليه عقب ذاك اليوم؟".

.. تساءلت لمياء عن ذلك اليوم. تظاهرت بعدم سماعها إنما أشرت على إبراهيم رغبتي بالذهاب للعزاء.

.. عندما خرجنا من العزاء كان متأثراً وطفرت عيناه بدموع بريئة تسترجع ذكرى زميل الدراسة والمراهقة..

.. تعجب مما أخبره أخوه عبد العزيز أن نوبة قلبية ألمَّت بوالده عندما علم بما فعل متعب. لم يصدق تلك التهم والقتلى والحشيش.

.. بقاء متعب سيطول إذا لم تدفع الدية خلف القضبان الصدئة.

-11-

.. دخلت لمياء غرفتي

.. بدأت كلامها تسألني عمّا خططت له هذا الصيف
نفيت بل وصلت كلامي بأني مكلَّف بفصل دراسي صيفي.
سألتني عن ماجد وعدم مجيئه للبيت إذ مرَّ ما يقارب الشهر.
سكت، فسردت علي عن ظهر قلب ما رأته حنان ليلة حملي
له مغشياً عليه، ملابسه الممزقة.. الكدمة التي بوجهه
واحتزاز عنقه..

: "ما راح أصدّق إنها خناقة شباب.."

: "وش بتكون..؟"

: "إذا كان كذا وش خص إني ما شفته ولا اتصل.."

.. وبقيت عينها تطلق شرر سؤال عن عدم رؤيته معي أو
عدم زيارته لبيتنا كالعادة، ومنعي لها أن تطلبه بالجوّال..

.. زفرت لها أن تتركني وحدي..

خامس الباب:

جمْرَةُ المَقام

وردة وكابتشينو

ليوناردو أليشان (1951-2005):
"دودة تزحف على مكتبي
ملتهمة كل كلمة أكتبها.
كنت أفضل حالاً
عندما كانت الدودة داخل قلبي"

-1-

.. الشكوك تغرس مخالبها في الجبين.

.. أخبرتني حنان أنها باتت تشك بإحدى عاملات المشغل إذ صارت حادثة غريبة حين قامت بجرد الحساب فيه صباح يوم لم تأت به سوى زبونة لتقص شعرها، فوجدت في الصندوق خمسمئة ريال، وسألت العاملة تلعثمت مع أنها تعرف أن قيمة ما قصّته للزبونة لا يتجاوز المئة ريال.

.. أما ما قالت بشأن الباقي من المبلغ بررته، بأنه لم يكن لديها صرف لأنها لو قالت إنه حساب سابق لشككت أنها تسرق..، فطلبت من حنان أن تراقبها ولا تتهمها، وعرفت أنني وتّرتها..

.. انشغلت لمياء في بحوث ستقدمها الشهر القادم لصالح مؤتمر سيعقد ما بين دبي وبيروت عن شؤون الطفل العربي، وإبراهيم يشجعها ويفخر.

.. فاجأتني حنان فأحرجتني أمام لمياء الواقفة عند باب

غرفتي أنها رأت "ماجد" يشتغل نادلاً في مقهى كادي بشارع
التحلية، وأنه أذاقها نوعين من القهوة على حسابه. عاتبتها
لمياء بتأثر لأنها لم تسأله أن يزورنا.

: "اسألي الأخ اللي قدامك.."
: "ليش فهْمُوني وش صاير..؟"
: "يقول إنه مزاعلني ومانعني أجي للبيت"
: "لا أكيد مزح.."

.. راحت حنان وبقيت ترمقني لمياء ثم ذهبت بخطًى
وئيدة.

--

.. عاد توتّري يزداد، ولاحظه المدرِّب لدرجة أنه صار
يتظاهر بالحديث معي بينما يقف خوفاً من أن أقوم بحركة
مؤذية لي.

.. عندما أنهيت حمّامي ولبسي خرجت لأجد "ناصر"
مع شلة من أصدقائه داخل المقهى كل واحد أمام جهاز
كمبيوتر ليتابعوا منتديات ومواقع سياسية عربية وسعودية
معارضة في الخارج.

.. سخروا من حكاية مدوَّنة تنشر فصولاً متتابعة في
موقع "الوناسة والتعاسة في السعودية"عبر صفحة مذكرات

بعنوان"مناير وزمن العماير" عن امرأة بيضاء تحولت إلى (طقاقة)في الأفراح والحفلات حكمتها الخالدة: "العز طق وسعة صدر والهم غربال وكدر".

.. تورطت قبل النفط بعلاقة مع (سوَّاق شيوخ) حيث سكنت الناصرية وخطرت على شارع عسير الذي غنى بشير شنان لفتياته، فشهدت على ولادة أغنيته"ألا يا سيد كل الناس"، وبعد النفط عشقت فلسطينياً متجنساً صار شيوعياً، وعلّمها أن تغنّي للشيخ إمام على الطيران"جيفارا مات"، وفي لياليهما الحمراء داخل بيت الخزان حفظا على كؤوس تدار قصيدة "هوامش على دفتر النكسة"لنزار قباني، وأفشى لها أن قصائد"هواجس في طقس الوطن" كتبها عبد الله نور ولكن ترك نسبتها لأحد تلاميذه الذين يعزهم، وتدّعي أنها حبست لأشهر في أحداث 1979 لأنها خبأت منشورات جهيمان وأهل القطيف في حوش البيت، وحين هربت إلى الجنوب قبضوا عليها على حدود اليمن لأنهم شكّوا بحملها لصورة جيفارا أن تكون من أتباع الخميني.

.. وكشف لها بردوق الصندقان حيث ظهر لها ليلاً وهي تقطع صحراء الربع الخالي أن تحت سريرها في بيت الخزان ترك مسودة الجزء الثاني من كتابه"تاريخ الدّمالة "قبل أن يأخذه ويخفيه في الربع الخالي في طريقه إلى رفيقته شهلا في ظفار، وهي طلبت من جارهم الشاب عبد الله الذي التحق

بحزب "نجد الفتاة" وهرب إلى عمان بعد ملاحقة الحكومة أن يتوب ويعود إلى رشده وأهدته أغنية "بعتنا بالمال والدنيا بخير"، وتحمد الله أن ابتسام لطفي عمياء، وإلا كانت هددتها حتى تقف، ولا زالت محروقة من ليلى عبد العزيز لأنها سبقتها الغناء عن ناديها النصر، ولكنها تدّعي أنها في الثمانينيات تابت إلى الله قبل فهد بن سعيد وشمس البارودي من أجل أن تتزوج الشيخ معصي الفسقان حين صبرت بعد زواجها اعتقل بتهمة اشتراكه في توقيع "مذكرة النصيحة"، ولكنها لم تتخلَّ عنه بل كانت حكمتها "أرضى بالشيخ وأتحمَّل ولو على عباتي زغَّل!" حيث وقفت إلى جانبه تدعمه في علمه ودراسته حتى نال شهادة الدكتوراتية-ضحكوا على طريقة كتابتها بإضافة الياء والتاء!-، وكان موضوع رسالته "الوقاية من الحيض في تلافي كسر البيض"، وحملت على أكتافها عبء طباعتها وتوزيعها على مدارس الصمّ والبكم لتربي الأجيال، وبنت مسجداً كبيراً في قلب البطحاء، وأهدت بيتها القديم في الناصرية ليكون مشغلاً لصناعة البيوز لبائعات سوق الفراشة بعد ما أزالوا سوقهن وسوق الكباري، وانفجر في رمضان مسجدها حيث صدفت أن الدور العلوي المتروك مصلًّى للجمع قد كان مخبأً للألعاب النارية..

.. وينتظر أعضاء الموقع فصول الحكاية..

.. ضحكات متتابعة ومتزحلقة تنتهي بخشية، وأخرى تختبئ برشفات من شاي أو امتصاص سيجارة.

.. تنهدت لحظات من شرود.

.. فكرت أن أمرَّ على شارع التحلية لأرى ماجد معاهداً نفسي أنني لن أكلمه إنما لأراه فقط.

.. مررت وتشوَّفت بين الواقفين، فلمحته ليس وحده بل شباب مثله يعملون معه ويكاد يظهر المقهى أن النُّدُل جميعهم شباب سعوديون مشغولون بطلبات السيارات يحمل بعضهم قائمة المقهى والآخر يمد باقي الفلوس..

.. غشيتني موجة راحة عندما رأيته. لَمَحني وقف وطالعني، فأشحت بوجهي وتسمَّرَتْ يده في الهواء يؤشِّر بالقائمة مسلماً لا عارضاً علي أن أطلب، تجاوزته بعد أن كادت السيارات تحتجزني في خط الخدمة من الشارع، وتخوفت أن يسهّل ذلك مجيئه، رأيته يضع يديه في جيب المريلة والتفت بكامل جسمه حانياً رأس ندم، وقذف برجله حجراً نحو الرصيف..

--

.. عدت للبيت، فأخبرتني حنان أنها تشك فعلاً في تلك العاملة، فظنّنت المسألة سرقة، لكنها قالت إنها تضع

خلسة شيئاً ملفوفاً في شنطة زبونة. قالت إنها طلبت من عاملة أن تذهب وتطفئ موزع الكهرباء لدقيقة سنحت لها أن تلتقط الشنطة وترى ما فيها خارجاً وأعادتها قبل عودة الضوء واجدة فيها شيئاً ملفوفاً لا علاقة له بمستحضرات التجميل. بعد أن تأكد وصفها اتصلت بالضابط واصفة له على ما قالت لي، فأكد أنها لفافة حشيش، وأنهم يعدون لتلك العاملة منذ شهر لمعرفة المروِّج الأساسي..

طمأنت حنان بما قاله، لكي لا تتعجل بفعل أي أمر يفسد ترتيب الشرطة المتولية الأمر بتخطيطها..

--

.. كشفت بعد طول تمنُّع للمياء بما تريد أن تعرفه عن سبب غضبي على ماجد. تلتها برهة صمت، لكنها بدأت كلامها بتعنيفي تحت افتراض ألا أقاطعه طويلاً لأن العقاب بالصمت إذا طال ربما يجني على صوت الصفح والغفران للأبد.

.. وعدتها ألا أردَّ اتصالاً منه إن جاء، وأن أبادر بالاتصال عليه، لكنني لم أفعل وهو لم يفعل ربما مكابرة مني أنني أعاقبه بما لا يستحق ربما أضاعف له، وأمد فوق ما يتوجب لأنني أعاقبه بذنب متعب معه. أريد أن أنطلق إليه

وسط حشد السيارات والشباب في شارع التحلية وأحتضنه
بمكان ما يكون فيه على أنني أريد أن أعرف..

.. ما الذي أوصله إلى درب متعب أهي غلطتي أنني لم
آخذه حينها معي؟.

.. ماذا لو كان ناصر يعرف أن "ماجد" و"متعب" لا
يعرفان بعضهما.

.. أ كان سمح لنفسه أن يخبرني بذلك أو منعه
باسمي..؟.

--

.. اتصل الضابط علي عصراً، وطلب حضوري أنا
وحنان كونها كفيلة العاملة. ذهبنا وأرانا صورتها، وأكدت
أنها هي التي تعمل عندها إذ شكّت بها طيلة الأيام الماضية،
فأخبرنا انهم قبضوا عليها ظهراً في محل تستلم من المروِّج
بضاعة، فاستأذننا ليحضر أوراق المخالصة المالية والترحيل
لتوقِّع عليها حنان.

.. قالت إنها ستعرض وظائف خيّاطات ومصفِّفات شعر
على فتيات سعوديات وستتولى تدريبهن في مشغلها..

.. أعجبتني بادرتها، وأثنيت عليها رغم صعوبة الأمر.

216

-2-

.. يخايلني وجه سايمون ريكس، وهو يمد رجليه جالساً
على الأرض مسنداً ظهره لطرف الكنب، وهو يشاهد الفيلم
المصور له، وهو يلعب بفرسه، فقد دعاه استرجاع المشهد
إلى أن يدس يده ليوقظ الفرس النائم ويكوِّر أصابعه على
رأسه فينتفخ..

.. كيف وقعت على الفيلم مصادفة، وحملت المشهد
كاملاً عندما ذهبت إلى دبي مرة لأحضر أول مؤتمر أشارك
فيه باسم الكليّة، وتذكرت أن النتّ أقل رقابة في دبي، فلا
تطلع لك تلك الصفحة المخططة بالأسود والأخضر التي
تزمجر بوجهك مثل عقال والدك أو عصا المدرِّس بل صورة
مجموعة من رجال غُبْر الوجوه ومقطبي الأعين، ومنفوشي
اللحى بكروش كبيرة ومَحْزوزة بمطاط سراويلها الذي يشف
ثيابهم القطنية، ويصرخون: "اخرج منها، يا ملعون!".

.. وجدت صوراً كثيرة لسايمون. لعله بعمري أو أكبر
قليلاً، فهناك صور سابقة تبدو عليه ملامح عمر العشرين،
ولكنه ظل محتفظاً بتينك العينين، وفَرْقَة الشعر الأسود
الناعم، والجسد الرياضي دون افتعال..

.. يمنحني جُوْجل صوراً كثيرة من مواقع أفلام روائية،
وصور مع فنانات، وأضواء الكاميرات تسطع من كل اتجاه،

217

فهي سياسة صناعة النجم الهوليودي أن كل حدث مرتب له. عندما يشاع زواجه لدغدغة أحاسيس معجباته والصحافة الصفراء لمزيد من الشهرة وتسويقاً لعمله الجديد.

. . وربما تجده مع صاحبه السرّي الذي يلعب وإياه الغولف أو البولينج، ويظنه الجميع مدربه.

. . لقد كان الفيلم الذي وجدته في مراهقته. .

. . يظهر قليلاً رأس فرسه، وينزع بنطاله بعد أن تخلص من قميصه، وجاء بالبيبي أويل ليسهِّل عليه إسراجه بيده، وهو يشاهد نفسه يلعب بفرسه قبلها، فقد وضع أمامه مرآة كبيرة، في غرفته، ليرى نفسه عندما يلاعب فرسَه. .

. . يقوم ليسند يديه ويرفع رأسه ويمد جسده كما لو أنه سيجري تمرين الضغط ولكن هذه الوضعية تساعده ليداعب رأس فرسه في مخدة على الأرض يمرر الرأس ويتأوه بوجه الكاميرا. .

. . لم تعد الكاميرا بالنسبة له موجودة فقد أعطاها مؤخرته عندما جعل نفسه في وضع سجود، ولم تلمس جبهته الأرض بل بقي يلعب بفرسه، ويمرر أصابعه حتى خمسته الصغيرة المحاطة بالشعيرات النافرة حواليها. .

. . يبقى مشهد مؤخرته وانشدادها يتلبّسني شهوة. .

. . وذكر عنه أن ممثلة كشفته عندما كان لا يريدها أن تبيت عنده، وكادت أن تكون فضيحة التسعينيات حينها مثلما

حدث للمغني البريطاني جورج مايكل الذي فعلها مع فتى
أعجبه في حمّام حديقة!

.. صدم لاري كينج، ولكن جورج أكد له أن الوضع
مألوف في لندن.

.. وأكد جورج مايكل أنه كان من النوع المحبب
للرجال.

.. وجدتني ألعب بفرسي مع سايمون عندما استلقى وبدا
يداعب تينتيه اللتين اختفتا مع انكماش صفنه تدفعان ماءهما
إلى عصب الفرس..

..

..

..

.. وصهلنا معاً..

.. واحترقنا في نبيذ الشفتين..

.. آه لو كانت شفتاه هنا. شفتا ماجد..

.. ألعن بقلبي كل ماجد وما فعل..

.. وأنكر ما أنا عليه ولكن أحتاج إليه..

219

-3-

.. طلبت مني حنان عصر أحد الأيام أن أذهب وإياها لمدرسة البنات المدموجة المرحلة المتوسطة بالثانوية لأنها رتبت مع مديرة المدرسة إعطاء بعض الطالبات دروساً تمهيدية في استخدام المستحضرات وصفِّ الشعر بمساعدة زميلة لها اتفقت معها..

.. حين قمت لألبس ثيابي تطلَّعْتُ إلى كتاب لماجد فوق طاولتي، رحت إليه أتلمَّسه، وشَمَمْت مقابض أطراف غلافه لعلَّ من يديه لفْح بقي، لعلَّ من أنفاسه فيض استكان..

.. وجدت وريقات مقوَّيات مربَّعة كتب عليها..

// ورقة أولى: 1-4

مشروع تخرُج-اقتراح نوْعَي قهوة منكَّهة:

-1 Gishmmar Coffee/ قهوة بنكهة التمر:

.. كلمة: Gishmmar = النخلة، اللغة السومرية. تعني(الشجرة المقدَّسة).

.. النخلة: شجر ليفي يُزرع في المناطق الحارة. كانت آلهة عربية، في الجزيرة العربية شمال أفريقيا [بارتون، الأصول السامية والحامية]. تسمى العشيرة أيْ: الصديقة، الأشيرة/الإشارة. أي: عمود خشبي [النخلة تشبه العمود] ينصب حول حدود بيوت الساميين [نحن في الجزيرة العربية والهلال الخصيب وشمال أفريقيا..] المقدَّسة (الحرم)، وتيمرة بالعبرية تعني (عمود) [قامَتُكِ هذه مِثْلُ النَّخْلَةِ، وَنهْدَاكِ مِثْلُ العَناقِيْدِ، قُلْتُ: لأصْعَدَنَّ إلى النَّخْلَةِ وأمْسِكَنَّ بعُذُوْقِهَا، نشيد الأناشيد (7: 7، 8).].

**

ورقة ثانية: 2-4

.. هل الشجرة امرأة..؟. الشجرة هي الأمّ والظل.

.. مدينة تدمر مشتقة من تمر، جدة المسيح (تامارا) زوجة أونان بن يهوذا الذي زنا بها بعد تنكُّرها كبغيّ، وأنجبت توأمين (فارص وزارح) من نسل الثاني جاء المسيح.

.. اقتراح اسم: Talu Coffee، تالو باللغة الآرامية: الفسيلة/ النخلة الصغيرة.

.. يستخرج من التمر عسله خاصة: نبت السكري والحلوة. //

.. وقلَّبت بقية الورق، فنظرت إلى هذا الشعر المخطوط بيده المرتبكة في التشكيل..:

**

//نشيد سومري:

"أيها الرَّجُلُ-العَسَلُ!
فاتِناً يغْمُرُني بالحَلاوَةِ إلى الأبَدْ.
أيُّها الإلَهُ ذو السِّحْرِ بيْنَ الآلِهَةِ
يا حَبيْبَ أمِّهِ-أنتَ لي..!
أنتَ يا صَاحِبَ الذراعَيْن الوارفتيْنِ، والرِّجْلَيْنِ الشَّدِيْدَتَي الثَّبَاتِ:
فلْتَغْمُرُني بحَنانِكَ إذا حَمَلْتَني إلَى الأبَدْ!.
أنتَ يا ذا الحَيَويَّةِ والشَّجَاعَةِ سَحَرْتَ لي
جسدي، يا حبيبَ أمِّهِ أنتَ لي..!
[عين ألسْتَ لي..؟]//

**

.. رأيت تكملة الورقة الثانية..

2- Nuurma Coffee / قهوة بنكهة الرمَّان:

.. فصيلة الآسيَّات من ذوات الفلقتين ملتصقة المبيض تشمل: القرنفل والجوّافة يستخرج منها الزيت العطري، والرمّان منها: Nuurma باللغة السومرية. تزرع في شواطئ البحر المتوسط الشرقية.

.. بذورها الأرجوانية اللون يعتقد بنفعها في السحر والطب.

**

ورقة ثالثة: 3-4

.. في قرية عين رمُّون/فلسطين. سقايتها من النبع المقدَّس لدى رمون إله الرمّان، الذي طغت عبادته على يهوه [..] المقتبس منه الرمّانات الذهبية وأجراس على شاكلة جُلَّنار [بالفارسية: ورد الرمّان]. تخاط برداء الكاهن اليهودي أو تنحت من المرمر على أعمدة المعبد.

.. كانت جموع الفلسطينيين تحتفل بعيد الحب في ذكرى رمون بموسم الربيع إذ تتفتَّح ملكة الأزهار التي يغازلها ملك الرمَّان. [ورد في نشيد الأناشيد: شفَتَاكِ كخَيْطٍ مِنَ القُرْمُزِ، وحَدِيْثُ فَمُكِ عَذْبٌ، وخَدَّاكِ كفَلْقَتَيْ رُمَّانة... (3: 4)].

**

ورقة رابعة: 4-4

..، وفي نشيد اليصابات زوجة زكريا وأمِّ يوحنا المعمدان:

".. إذ يَشُعُّ في وَهْجِ الشَّمْسِ
زهْرُها القُرْمُزيّ أحْلى مِنَ القِرْفَةِ
بيدٍ مُرْتَعِشَةٍ قطَفْتُ زَهْرَةً،
ووضَعْتُهَا بيْنَ ثَدْيَيَّ..
يا ثمَر الرُّمَّانِ الفَارِعِ [تقصد: يوحنا]
نمْ هَانِئاً علَى صَوْتِ تهْويْدَتي..].

**

.. عبارات مضافة خلف الورقة:

* الرمَّان: فاكهة الحب.

* الإله آتيس حملَتْ به أمُّهُ كيبيلا وهي عذراء بعد أن احتضنت غصْنَ شجرة الرمَّان. تملَّكَتْها الغيرة لتعلقها به حين قرَّر الزواج بإحدى حوريات نهر سانغاريوس، فجننته حتى قام بإخصاء نفسه تحت شجرة ومات نزفاً.

* كيبيلا/Kebele: [كانت ثنائية الجنس، فأرْسِلَ باخوس-إله الخمر، أسكرها ثم شدَّ عضْوَها الذكريَّ إلى شجرة فلما تنبَّهَتْ انبتر عضْوُها الذكريُّ وبقي معلَّقاً على الشجرة ومن دمه نبتت شجرة الرمّان]. //

--

.. أومأت بحاجبي إلى حنان عندما رأتني بوجه يستدعيني للذهاب، فخرجنا.

.. قبل نزولها أعطتني ورقة، وقالت: "حلَّ اللغز.." . فتحتها وجدت فيها:

"...+...=...

دوِّر عن الحروف الضائعة..!"

.. ظننت أنها سخافة من حنان، لكنني وأنا أدورُ من أجل أن أخرج من الشارع الداخلي للمدرسة لأعود إلى الشارع العام توقفت عند المفرق متلفتاً تتقدّمني سيارة تنتظر دورها، فتمَلْمَلْت ونظرت صوب الجدار:

"$M + A =$ حب"

.. ما أراحني أن هذه الجهة بعيدة عن باب المدرسة خشية تفسير وقوفي بأي شيء، لكن أنكد عليّ منبه سيارة خلفي يطلبني لأسير..

.. هل فعلاً، كتبها ماجد على باب مدرسة البنات متفقاً مع حنان..؟.

.. أ ترى صادَفَ وجودها هنا ما جعل حنانْ تتقصّد أن آخذها لأراها..؟.

.. هل حبُّنا كما شعرت أنه موجود ينتظر اكتمال نصابٍ لنتلاقى وهذه العلامة المكتوبة ربما مررت عليها مرات عدة

إن كانت مكتوبة منذ زمن، ولم أتنبه.. أكثر من عشرين عاماً، ولم أرها..؟.

.. فكرت أن أذهب إلى المقهى الذي يشتغل فيه ماجد لأكسر حاجز الصمت الذي يؤذيني قدر ما يؤذيه أيضاً، وأخبره أنه يجب أن نعود أو كما تقول هدى بركات على حكمة أهل الهوى: "على الشيء أن يتكرَّر أو أن يفسد تماماً ويخرب".

.. دار بذهني المتردِّد الاتصال عليه، لكنني اتصلت فوجدت جوّاله مغلقاً، فكرت في الذهاب إلى بيته. وجدت سيارته واقفة.. احترت في طرق الباب شعرت أن كل قوة لا تجمع نفسها أمام ذنبي تجاهه..

--

.. عدت أدراجي إلى البيت بعدما رحت للنادي متأخراً. رأيت حنان:

"هاه عسى خير تصالحتوا.. جبت الولد معك..؟!".

.. كأنها تسأل عن طفل لي أضعته، وهل مَنْ نحِبُّ سوى طفل يكون لنا ويراه الآخرون مثلما رأى عشاق الزمن القديم في حبيباتهم أخواتهم أو أمهاتهم..؟.

.. أخبرتها أني لم أجده وجوّاله مغلق. سألتها إن كانت

وراء تدبير المرسوم على جدار المدرسة، كدت أعنفها لولا أنها حزنت وقالت: "وش يسْوَى إذا ما جاب نتيجة ولا رجعتوا لبعض؟".

--

.. "حبيبي. اتصل علي.."

.. الرسالة التي بعثتها إليه، عله إن فتح الجوّال تكون أول ما سيستقبل. صعدت أقبض على خفاش يلعب في صدري كلما علوت درجةً يخِزُ ضلعاً.

.. أتراه من دخان قلقي أو غبار شرودي..؟.

.. سمعت صوت منبه سيارة عالياً في الخارج واتصال من ناصر يصرخ بي ما إن رددت عليه وطلب مني البقاء، ورأيته يرفع لوحة سيارة مضمَّخة بالدم ومتثنية اقتربت شددتها منه:

[ن. ج. د ١٥١]

.. قال إن الحادث وقع عصراً في شارع الأمير عبد الله بتقاطعه مع الدائري الشرقي طلبت منه أخذي إلى موقع الحادث وأنا متشظٍّ في تفكيري وذهولي..

.. سيارته معجونة ومرصوفة أمام من سينحرف ليدخل شارع الخدمة المبدل عن الرئيسي لأعمال حفريات وتحويلات.

.. وصلت إلى بيته بعد أن أبدلت "ناصر" بنفسي لأسوق، طرقت الباب بشدة فتحت الخادمة تنفي وجود أحد. طلبت منها رقم والد ماجد. اتصلت عليه تفاجأ ألا أكون أعرف خبر ولده كونه دائماً معي، ولا يعرف أننا في انقطاع منذ أشهر. أنهيت المكالمة، وسألت "ناصر" عمّا نفعل... قال إنه سيسأل صديقاً له في المرور منطقة عمله في هذه الدائرة. القلق يجلدني وأنا أتسمعه يحادث صديقه رجل المرور.

--

.. وصلنا المستشفى، بقسم الطوارئ سألت المسؤول، لم يعطني خبراً. راح يبحث بين الأوراق التي خلّفها الموظف السابق له في فترة الدوام. رجوت من ممرضة أن تساعده.

.. وجدَتْ مُصاباً دون اسم فاقد الوعي. طلبت منها أن أراه. استعجلتها، وأسرعنا حتى وصلنا، ولم تسمح لنا بالدخول بل كشفت الستار خلف زجاج غرفة العناية المركَّزة.

--

.. كُنت محتبياً خافضاً رأسي لهول المشهد. رأيت آدمياً مغطّى بأنواع الضّمادات، الشاش واللاصقات. حاول أن

يوهمني ناصر أنه ليس هو، لكنني أعرف ذراعه المكشوفة المنغرس فيها أنبوب التغذية. أعرفها كلها المعصم والأصابع التي سكنتني ليالي..

.. خرجت بعد أن أخذت مني معلومات عنه. عندما رجعت للسيارة وجدت اتصالات فاقدة الرد عليها من والده كي أكلمه. لم أستطع عدت للبيت في وقت متأخر. جلست في الصالة وحدي.

.. أغلبهم نائمون. دخل إبراهيم لتوِّه سلَّم لم أشعر إلّا بظلاله امتدّت فجْأة مِنْ خَلْفي لِسُقُوطِ ضَوْءِ المدخل عليها.. ثم انقشعت..

--

.. وضعت يدها الرؤوم على كتفي، ولم أتمالك نفسي. إنها الحُرَقات. كأن الأيام جُمَع الثامن عشر من نيسان.. تئنُّ كل شراييني وترتعِش، مفاصلي لا تهدأ إلّا إذا مسحت بيدها، وأنا أنشج بوجهها:

"الولد ضاع.. وأنا المسؤول..".

.. طلبت مني أن تذهب الآن، لتراه، أخبرتها أن الوقت متأخر جداً. لم تأبه لكلامي، بل راحت لتحضر عباءتها.. خرجنا طوعاً مني.

.. أمشي أنا وإياها كأننا في عالم ظلاميٍّ سفليٍّ، تتجمَّر خُطاي فيه حتى وصلنا للباب المؤدي لغرفة الآلام المُركَّزة. تعدَّتْني لمياء، رجل الأمن استوقفني لم أدرك ما سبب إيقافه لي وروحي تسبقني إلى هناك..

.. ذهلَتْ مما رأت. تنظر إلي تستفسر أ هذا ماجد الموشوم بالضمادات، الشاش واللاصقات.. ذو الذراع المكشوفة فقط..؟.

.. ليتني لم ألتقِطْ نظرتها. التي تثبِّت ذنب إهمالي له، وبؤس عقابي له ما أنتج.. جذبتها متوهِّماً أنني أجرُّها بينما أجرُّ نفسي لتخرج من جحيم يتلقى الروح عِزيْن..

.. لم أنم طيلة الليل كنت أعيد ترتيب النجوم على وحي أنفاس ماجد وزفرات لمياء.

--

.. كان يهذي أبو ماجد ويضرب أخماسه بعضها ببعض حين قابلناه رأيناه: "الولد ما راح يعرف أحد خلاص..". سألنا الطبيب المعالج، وقال إن الخدوش المتوالية في رأسه أثرت على حيِّز الذاكرة لديه جراء ارتطامها أثناء الصدمة. على أن الرضوض في عظامه والكدمات سيشفى منها قريباً.

.. راحت لمياء تنظر إليه واقفة عند رأسه تربِت بيديها

على جبينه، ولم أقْوَ على إيقاف تهابط جسمي متكئاً على طرف سريره المطوق بالأنابيب والأزرار الملونة.. كما لو انطفأ كل شيء.. كل شيء.. هل سأقدر أن أحمل ذلك التراب بيدي لأضعَك..؟. هل تنتظرني يا ماجد سآتي معَك..؟.

.. أعرف أن حياتنا أحلى من المقابر التي أسير فيها، فلا نعرف من دُفِن ولا نعرف من مات قبل أيام..

.. ثَمَّة خزَّان مياه ورجال مشكوفو الأكمام معفّرون. واحد رفع ذراعي شماغه وعقدهما وآخر وضعه على كتفه وهناك من طوَّق خصره. وأخرجوا ذلك الملفوف في الرداء الأبيض جثة بلا روح ستقبل أن تكون هنا. إنه مكان ليس لها حيث لا أشجار ولا ضريح أو علامة أو نصُب مثل وحدة التخزين التي تتحرَّى رقماً سيمحى منها رهْنَ زرِّ الإلغاء مثلما وضعته تحت زرِّ الإضافة..

.. لا، لن تقبل الروح أن تكون رقماً. سأقف وأنادي نرجال ليخبرني عن أحوال الروح التي علَّمني، فهي نار منها أشعة الشمس أو تراب هي الأرض حاملة الشجر أو ماء يبدِّد الظمأ ويُحْيي العظم الآدمي أو هواء صُوْرَته الريح..

.. فتح نرجال ثقباً في الأرض، فخرجت روح أنكيدو من العالم السفلي مثل الريح. تعانقا وتبادلا القُبَل، فتحادثا وانتحبا وقال جلجامش..

: "تكلَّمْ. يا صديقي..!، تكلَّمْ.. يا صديقي!، أخبرني عن حالة العالم السفلي الذي رأيته".

: "لا أخبرك، يا صديقي لا أخبرك، إذا أخبرتك عن حالة العالم السفلي الذي رأيته، فعليك أن تجلس وتبكي".

: "سأجلس وأبكي..".

: "جسمي الذي لمسْتَه وأنعش قلبك قد أكله الدود، مثل الثوب القديم، جسمي الذي لمسْتَه مليءٌ بالتراب.."

.. وأنا المليء بذهولي كله.. شاركتني فيه لمياء، وأشعلت هواجسنا: "فقد الذاكرة..".

..: "لازم نروح ونكون جنبه لا نيأس". اعتقدت حنان أنها تريد أن نخفي الشمس بالمنخل، فلا فائدة إذا لن يعرف المكان الذي ولد فيه، فهل يعرف الذين كان معهم منذ شهور..؟.

.. افترضَتْ أنه طفل خرج من رحم والدته للتوِّ سيتعرَّف إليها وبها سيألف الكون الذي يحوطه. إن عرفت كيف ستلمسه؟. كيف ستعتني به..؟.

--

.. صرت أذهب إليه يومياً في ساعات الزيارة وأوقات أخرى ممكنة تحايلاً على نظام المستشفى. أضع يدي على

يده أو على جبينه أكلِّمه عن نفسه، وأردِّد اسمه وأشياءه، أعلِّمه الأماكن التي كان يروح إليها.. كليّته.. وشوارع مشاويره، وأحوال القلب الذي يئنّ مثل خلوج لا تأبه إلا لمَفْقودِها، ولا يكِلُّ منها منصِتيها..

.. بدت تتناقص مع الأيام الضمادات، الشاش واللاصقات.. صارت تظهر فسحات للجسم الحليبي الذي بدا لونه يعيد لي بعضاً من شعاع أمي الذي كان يظهر، ويتخفَّى في أكمام ضوء الأباجورة..

.. زدت من لمساتي له، وأقبِّل كفَّه، وراحتها. لم أكن أغالب شرود دمعات تندُّ، وتهوي على بعض جروحه المكشوفة، وتلسعه مقلقة منامه بحرقاتها..

--

.. بعد مضي شهر من مكوثه في المستشفى ذهبنا لزيارته المعتادة لم نجده جُنَّ عقلي، وسألت الممرضة عنه، قالت إنه خرج على مسؤولية والده ظهراً. توجهت أنا ولمياء إلى بيته..

.. لم يقنعنا تبرير والده بانعدام فائدة رجوع ذاكرته، وأنه سيطلب مُربِّياً له. رفضت أختي لمياء، وطلبت منه أن يدعه يسكن معنا. رفض بشدة منفعلاً:

"بأي صفة. . !؟" .

. . لكنه وافق على مضض بعد أن حاجَجَتْه بغيابه المستمر وانشغاله بعمله وسفراته. .، ولا أحد من أقربائهم سيأخذه. .

--

. . خلال أسبوعين شعرنا أنه صار بنصف ذاكرة. كان حذراً من كل شخص في البيت باستثناء والدي حيث يستجيب له بشكل لافت، ويسمع كلامه. لم يكن يعيرنا اهتماماً إلّا أوقات الغداء ليسأل والدي عن معلومات تخصنا. . لماذا نحن هنا. .؟. من الذي أحضرنا. .؟.

. . هل عددنا هو ما طلبه والدي من الطبيعة. .؟، ومَنْ كانت لا تصبر حنان حين حاولت أن تباغِته بإجابتها:

"تبي تعرف. .؟، أنا طحت من شجرة! وذولا طلعوا من الدولاب. . . " .

--

. . سألني في إحدى المرات حال خروجي للنادي حاملاً الشنطة، أن يذهب معي، وراح جالساً يراقب من فيه ثم جاء أثناء أحد التمارين وطلب أن يعود حالاً.

.. أكثر ما يؤلمني أنني أشعر أنه يتجاهلني عمداً، وأن أتحرَّق ضمَّه إلى صدري مثل الأيام الفائتة الناقصة لتنهال أنفاسه وتغشي نومي..

.. راح يطوف ببالي. كيف كنت أحتضنه، ويتوسَّد ذراعي ثم يقرب نحو عنقي. حتى ساعات الصباح، فيتغضَّن نحوي إذا ما نمت على جانبي كأنه ظبي يحتمي بأمه..

--

.. أرْبَكَتْنا حنان بقرار قالته أثناء الغداء، ستعرض على والد ماجد أن يتزوَّجها إذ كنا بين دهشتنا من قرارها واعتقادنا أن "ماجد" يسمع ما تقوله ويفهمه كأنما تريد اختبار حواسه، لكنه بارك لها بعد طالعه والدي بكثير من الحيرة وقليل من الزفرة على سؤاله: هل يصح أن تخطب امرأة رجلاً وابنه..؟.

--

.. أطلَّ علي في الغرفة وسأل عن شنطته الصغيرة، وعن دمية الدب الضخم الحامل لقلب أحمر حيث أهداني إياه أيام كان يعرفني. نهضت من مكاني وأخرجت ملابسه التي تركها سابقاً. نظرها ملياً، ورفع رأسه ليقول لي: "لماذا تحتفظ بملابس ليست على مقاسك..؟".

.. كدت أُجن من يأسي. مرات أتمنع عن هجومي عليه
وتقبيله أو أن أدخل عليه في غرفته وأنام بجانبه. لم أستطع
تحمُّل ذلك. كأن كل ما فعلته يُردُّ بي..، وما يهوِّن علي
أنني أعيش معه ذاكرة لست من أبجدياتها أشفق من طريقة
تحميلي فيها، ومستقبلي فيها عن قبول والده أن يتركه عندنا
أو أتوسَّل حنان وتتزوَّج والده ذريعة لبقائه.. جنوناً ليذكرني
حتى آخر لحظة، أو ليحبني من جديد..

.. "الجنون مغامرة خيال طافحة تستدرج الذاكرة لانفراط
سقف النسيان ليتاح لنا تهجِّي أبجدية الصفح والغفران".
الجملة التي كتبتها لمياء خلفية لسطح مكتب كمبيوتري..

--

.. أثناء انشغالي بترتيب شنطتي للنادي مرت لمياء مبشرة
إياي أنها توشك إنهاء شقتها حيث إن إبراهيم يشعر برغبة في
تعجيل الانتقال. أقبلت حنان هائجة تظن أننا نتحدث عن
ماجد وعرضت أن نقوم بتعريضه لنفس الحادث ربما يستعيد
بعدها ذاكرته. ردت لمياء أنها مخاطرة بلا ضمان، فمنعتها
أن تفعل شيئاً، فربما علاجه يأخذ وقتاً أطول أو أنه لا يريد
أن يتذكَّر..

جسد أعمى

ماجد:

. . تبدو الجدران لهم صامتة،

. . ولكنها تقول الكثير. كلما أشرد بنظري تخرج وجوه
وأصوات .

. . كلمات.. كلمات.. كلمات، ولا أعي معنى واحداً
عندما أنصت مركزاً لتمييز صوت عن آخر.

. . تهرب الأصوات، وأفكك كتلاتها، فهي تتجمع
فجأة، وترتطم بأذنيَّ، ولا أستطيع أن أعي المقولات، ولا
حرفاً يهديني صيفاً واحداً.. .

. . أصوات كعوب على رخام. أقدام تنزل درجاً برفق،
وتصعد مسرعة، ومفاتيح تحك أطرافها على أبواب سيارات.
يهتز رأسي وتقشعر المسام.

. . أصوات نساء كبيرات موهنة تتشهَّد، ومراهقون
يزمرون مثل أصوات بطاريق تهرب من فقمة هائجة.

. . أصوات أدراج تصيح بعنف فلا ترتد.. .

. . فرقعات أصابع وفرقعات بالونات وضحكات بريئة

240

تتوحش في لحظة ورطوبة، وهواء عنيف يهجم على مسام خدي، وارتعاد يطبق السماء على رأسي. كأنما سقف ارتطم على هامتي.

.. ولا جاثوم يختفي، ولا نار تنطفئ!

.. أحط بأطراف أصابعي على جبيني، وتحوم ناموسة حول أذني تتحرش برقبتي، وأهش، فتعود..

.. أهش..

.. وتزن..

.. أهش..

.. وتزن..

.. أهش.. وأصفع الهواء، فتصطدم يدي بوجه شاشة التلفزيون، فلا تنكسر، ويحتقن الدم بين مفاصل أصابعي..

.. أبواب تصرصر مقبلة على شتاء قارس..

.. وغبار تدفع حبيباته شبك النافذة، وتغبش عيني فألتصق في الشبك..

.. وتحوم ذبابة، فيندفع المطر من قطرات إلى مرشات..

.. مطر وآهات ماجدة، وجريدة تغرق في الماء..

.. ويهطل المطر علي من الدوش، فأطبق أجفاني..

.. الماء دافئ، وذراع تلتف حول كتفي وتشدني إلى صدر عليه شعر..

241

.. فخذٌ يلتصق بجسدي، ورأس محدّب يدق مثانتي فأحتك به يمنة ويسرة..

.. ماء يهدر أكثر فأكثر..

.. لا أفتح عيني وإنما أطبقهما أعنف، وألم نفسي بالجسد الرطب، وأضغط مسامي لتنفصم القطرات بين شعرة وأخرى لئلا تفصلنا أية قطرة..

.. أتلمس بأصابعي وجه الجسد، وشعيرات الشارب، والأنف المحدَّب..

.. "خالد" عرفتك!

.. تشدني الذراعان وأضم براحتي الرأس مثل رمّانة أخشى وقوعها، والرأس بدأ ينسلّ بين فخذي ويغور بينهما، فأتقدم ليغور أعمق..

.. أنحني فأمرمر شفتي على صدره ثم بطني، وتجمعت قطرات في سره، وشفاه تشربها، وأنزل حتى تلتحم شفتي برأس فطر يندفع إلى فمي..

.. أذكر طفولتي، وأدفعه إلى حلقي، وأنتظر حليباً كأنما لا أريد أن يفطمي، ولا أريد حليباً ليقف..

.. يرتعش ويقبض بيديه رأسي، وأحس بدمه في العروق يدور ويدور..

.. تلتف ذراعاي حول خاصرته، وتنزل أصابعي لتغور

بين شحمتين مشدودتين، وينزلق إصبع إلى غور متجعد، فأدفع إصبعي بقدر ما يندفع رأس الفطر في فمي..

.. آهات تنهمر، وتقاتلها هدرات الماء..

.. أعرف الوجه فلا أفتح عيني، فهو الواقف على خضرة يتأهب بقفازين أسودين، لكرة تأتي، ولكن فمي أتى إلى رأسه، فهو معتاد أن يقف وتأتيه الكرات، ورأسي كرة أتته لا لشباكه بل رأس فطره..

.. أعود بيدي إلى كرتيه المتدليتين حيث تندفعان بكيسهما حد ذقني، فأشدهما براحتي، وأصغي إلى صوت عميق منهما يطلع آهات من أعلى وتنصب علي..

.. ها أنا أسفله، فلم توقعني هجمة على الشباك مثلما يسقط أحد مدافعيه، وينحني مقعياً ليطمئن، فكأني أحدهم. أبقيه بيدي تضغط على ركبته، وأشد طرف شورته، وأدخل يدي لأخرج رأس فطره، وألتهمه نيئاً طرياً، وأعصره بيدي وأدفعه إلى فمي..

.. لا أريده أن يقف ليحمي الشباك، فلا يحمي شباك رغبتي.

.. "لتبق يا خالد"..

.. دع المرمى للكرات، وابق لي، فأنا لك..

..

..

..

.. فأفتح عينيّ، وأجدني ملتفاً بخرطوم الدوش، وتحممت لابساً سروالي الأسود القصير، وهو مبلل من داخله مدبق..

.. تتناثر قصاصات صور من مجلة الرياضة والشباب.. براقة ولامعة..، وبوسترات مجلة الرياضي بقدر سماكتها مبللة وتكاد تتفتَّت.

.. أسكب الشامبو بكميات كبيرة وأمرره على شعري وجسدي، فأغسل يدي من يدي، وكتفي من كتفي، وصدري ورأسي

.. فرسي مائل ينظر إلى الأرض منهكاً من شدٍّ عنيف..

.. كادت يدي أن تخرجه، وهي تدفع به مراراً إلى خارجه، فيخرج ماء ويصب علي ماءً، ويخرج من أذني ماء، ومن أنفي ماء..

.. وفي فمي ماء كثير..

..

..

..

.. ألتف بالفوطة، وأمشط شعري، وأتلمس منابت الذقن من طرفها الأيمن، وأقبض عود الأذن فأرميه لا أستخدمه..

.. لون بلاط الحمّام غريب. ألم يكن أزرق غدا أبيض..

.. وأرى جوّالي يؤشر، فلا أهتم بالرقم، وأطمئن إلى ملف الصور، فأرى الصورة، وأبتسم لأقول لنفسي. لقد فعلتها. تمنيت خالداً، وصار معي..

.. أعرف أنه نسي قُفازه في سلة الملابس، وهذا سرواله الأسود على السرير، وهذه الفانيلة الطويلة الأكمام..

.. لقد ترك حبة خاله على الكومودينو، وسيركبها من جديد..

.. سيخرج ملتفاً بفوطة، وسيكلم صديقاً من نادي كاظمة، ويتأكد من فهد ويعقوب أنهما سيمران لأخذه إلى الملعب، فهما مثلث المستطيل الأخضر..

.. أثوابه الصفر في الدولاب، وهذه سبحته الزرقاء على الطاولة، وهذا خاتمه بفص كهرماني.

.. سأترك له أغنية"حبيتك تا نسيت النوم"يحبها بصوت عبد المجيد عبد الله، ولا يطيقها بصوت فيروز..

.. وسيطلب مني أن أغنيها، ونحن ننتظر القهوة لتأتي في مقهى قاروه..

.. سيخاصمني لماذا أذهب كثيراً إلى سوق شرق، ويستعيد سؤاله عن الربع الذين كنت معهم واحداً واحداً، وهل كنا ننتظر فتيات؟، وهل غازلنا أية واحدة؟.

.. سيلعنني في سره، وهو يتدرب، يتمنى أن يخرج من

الملعب، ويترك الفريق والمدرب، ويهرب ليبحث عني،
وستغضب منه الإدارة لأن أعين نادي الكويت عليه..

.. وأفز لسماع صياح إبريق الماء يفوح عالياً كنسر
جائع.. .

-4-

.. بدأت أشرف على تمارين الإيروبكس التي كنت أهرب منها كما طلب المدرب فتحي. كان بعض المتدربين من طلبتي في الكليّة سررت بهم وسروا لذلك. دخل ماجد وانضم إلينا لم أعلّق أو أسأله عن تأخره كما الآخرين. قليلاً بقي ثم راح يتمتم مرافقاً أغنية: "عينك عينك عيني بعشق نظرة عينك.. " التي كانت تعرض على التلفزيون، حيث يشبه له المغني المرافق المغنية أمل حجازي.. تأهبت لصرخته بوجهي سينايني باسمي: "درحومي.. "كما اعتاد ندائي.

.. أشاح ولم يكمل التمرين وخرج. هممت أن ألحقه لأصفعه وأؤنِّبه على أثقال عذابي. أردت البكاء أمامه لأخبره أن حرقة دموعي ما حرَّكت دماءه..

.. هل أعترف له مجدداً بالحب تجاهه أن أفهِّمَه تلهفي، وأذكّره جاهداً بالأماكن التي التقيته فيها صدفة..؟، لكن كيف سيقنع بكلامي ووالدي أفهمه أننا إخوته في البيت.

.. ما الغريب في أن يقول المحب لحبيبته يا أختي!. سأقول: يا أخا روحي..!.

.. إنني أحتاج إلى جنون حنان..!.

--

.. تكلَّمْت معها بشأنه عرضت أمراً على تكتمي إياه سراً، أن أريه لوحة سيارته المدمَّاة. ربما يخز ذاكرته منها ما يجعله يسعف خبَلي. رفضت، وطلبت أن نفكِّر في شيء آخر.

.. قبل أن تخرج متَّجهة إلى غرفتها عادت كأنها تسحب ستائر البيت عاصفة: "لقيتها.. لقيتها..!"..

: "هاه وشِّي..؟"

: "نروح نطعِّس ونخلِّيه هو اللي يسوق..؟"

.. أعدت كلام لمياء أن هذه مخاطرة ما نريده أن نكسب رجوع ذاكرته لا فقدان جسمه معها.

.. سحبتني بسرعة من ذراعي ونزلنا سمعنا أغنية: "عينك.. عينك"، ورأيناه ينظر إليها، فرحت حنان متفائلة وأقبلت عليه تسأله عن شبيهه إذا ما كان يعرفه، فردَّ عليها: "أنه رآه في التمرين وتركه..".

.. سقطت في نفسنا الحسرة مرَّةً.

.. صعدت إلى غرفتي أشد يدي حنان خائبين منه، وأسأها أن تلبس وشاح السحرة والعرَّافات ناكشةً شعرها مستدعية المخلوقات التي تحدثها عندما تكون وحدها والشجر الذي ترفق به وتزيِّن من أجلهم مسبح البيت بالورق اليابس لئلا يغضبوا والستائر التي تتحرَّك مع الهواء إذا تنفَّسوا والغبار إذا ولدت امرأة متعسِّرة.. نظرت إلي متأثرة كأنما أحد يشد

شعرها من وراء ويُرْعِش جسمها، وهي تحاول أن تتسمَّع من
راحة يدها: "يا خي ما دامك تعرفهم رح لهم.. إنت!. ".

رحِمٌ ضائع

.. ارتطم شيء بالأرض، كأنه جسد. بل أعضاء هبدَتْ. وتنبَّهْتُ من غفوة لم أتمها، وشدني من أذني نحيب لصوت نحاسي وشهقات، كأنما كل الأشياء تتحرك، ولم أستطع أن أقف.

.. ثَمَّة أزيز عال يتسرب ويشق لحم أذني ويطغى..

"جي مالي والي.. بويا اسم الله

متعذِّبة بدنياي يا بابا.. جي مالي والي.."

.. قفز الضجيج غالب صوت النحاس الشاكي..

.. الصراخ يعلو، وزجاج تكسّر، وارتطام أقوى من سابقه، وميزت بعد وقوف وفرك جبين. صوتاً قريباً ولا أميزه..

.. صوتٌ أرقّ ولكنه يئن كحمامة ترقص بجناح شقَّتْه السكين اللاهية.

"إلى أهلي وإخوتي الشرفاء في الرمادي والخالدية والفلوجة. إلى جميع الشرفاء في العالم. سلام من الله عليكم. قال تعالى في كتابه العزيز: "يا أيها الذين آمنوا. إن تنصروا الله ينصركم، ويثبت أقدامكم" صدق الله العظيم.

رسالة من أختكم حنان من سجن اليهود في أبو غريب.

من أين أبدأ أيها الشرفاء؟ يعجز القلم عن الوصف، أ أصف لكم الجوع وأنتم تأكلون، أم أصف لكم العطش وأنتم تشربون، أم أصف لكم السهر وأنتم تنامون؟، أم أصف لكم عراءنا وأنتم تلبسون.

يا إخوتي، عندما نرى قلاَّباتكم وسياراتكم تنقل مواد البناء، وعندما نقرأ هُوية السيارة، فإذا هي تحمل اسم أهلي ومحافظتي، فأقول راجعة إلى نفسي: إن أهلي وإخوتي قد باعوا أعراضهم. بالدولار الأصفر، ولكن أتذكر الشرفاء وأبكي على حالي. ماذا أصف لكم مما نلاقي من العذاب والضرب المبرِّح حتى نحفظ لكم العرض ونصون الأمانة؟، فأين أنتم يا علماء الدين؟..

إننا نعاني ما نعاني عندما ننظر إلى اليهود وهو يريقون الخمر أمامنا ويهتكون أعراضكم كالحيوانات المفترسة ويسرحون ويمرحون مع اللاتي هانت عليهن أعراضهن..

أيها الشرفاء كم مرة تموتون؟

أعراضنا هتكت، وملابسنا تمزقت، وبطوننا جاعت، ودموعنا جارية، ولكن من ينصرنا، لا أريد أن أودعكم.. وقبل أن أودعكم أقول لكم: اتقوا الله في أرحامكم فقد

امتلأت بطوننا من أولاد الزنى. إني أقول للشرفاء، إذا كنتم تملكون الأسلحة فاقتلونا معهم داخل السجون.."

.. ونحيب يذهب في الشهقات، ويعلوه صوت يهدل عنيفاً ومجروحاً:

"آآآه آآآآهاآآآآآآآه

ليت للبراق عيناً، فترى..

ما ألاقي من بلاء وعنا..

عُذِّبَتْ أخْتُكُمُ، يا ويلكم!

بعذاب النُّكْرِ صبحاً ومسا.."

.. رفعت رأسي فجأة على صراخ عنيف ومتوال. وقفت بسرعة ويرن في أذني صوت أقدام راكضة، وأخرج من الغرفة إلى الصالة، ويعود الصراخ واضحاً:

: "اقتلونا معهم.. بالله عليكم.. اقتلونا معهم"

.. وقفت صامتاً أمام غرفة حنان ولمياء ترمي عليها ملابس لتغطيها وتهب إليها لتحضنها، وشردت قليلاً، وباغتني وجه حنان، وهي تنظر إلى ماجد عند نهاية الدرج دون اكتراث:

"ها عسى نفع. أنا سويت اللي علي"

.. لمياء كانت تصفق أخماسها، وتنفض قميصها عن كتفيها، وخرجت حانقة..

.. تجاهلت وقوف ماجد، وتوجهت إلى غرفتي، وعلا من وراء صوت تكرر من جديد..

"يَلْمَا ردتني بويا اسم الله..

تِكْسِرْ جناحي ليش يا بابا جي مالي والي.. ".

-5-

.. دخل عليَّ ونظر بشرود.

.. جالساً أعد شنطتي قبل موعد خروجي إلى النادي فاقترب متردداً كأنما يتخوَّف مني، وطلب بعد أن ذهب ليجلس إلى الطاولة الحاملة كتابه، الذي نداه الغبار والورد الجاف، ألا أغضب منه إن حضر بعض التمارين وخرج لأن والدي عرض عليه، إذا ملَّ من جلسة البيت، أن يذهب معي ..

.. فتح الكتاب وسحب ورقة ..

// حُلُم جلجامش:

.. استيقظ جلجامش وروى الحلم إلى أمه-ننسون زوجة الملك لوجال بندا-:

.. أمَّاه رأيت رؤية ثانية، في أوروك ذات الأسوار رأيت فأساً مطروحة تجمّع حولها أهل أوروك وتدافعوا، أحببته وانحنيت عله كما أنحني على امرأة ثم وضعته عند قدميك، فجعلته-أنتِ-نظيراً لي.

: إن الفأس التي رأيت رجلٌ. أما أنك أحببته وانحنيت عليه كما تنحني على امرأة، والتي سأجعله-أنا-نظيراً لك، فمعناه أنه صاحب قوي يعين الصديق يأتي إليك، إنه أقوى

254

من في البلاد، وذو عزم شديد، وهو من شدة بأسه مثل آنو.

: عسى أن يتحقق هذا الفأل بمشيئة إنليل العظيم ويكون لي صاحباً وصديقاً، فأكون له صاحباً وصديقاً. //

.. رفع رأسه إلي، لكنني خرجت مخبراً إياه ألا يتأخر..، ومستمر في تقليب الأوراق.. أوراقه..، ويقرأ بصوته فيحبو إلى أذني ويسمّرني..

قصائد سُوْمَرِيَّة:

/1

"يا حبيبي، أَيُّهَا الغَالي عَلَى قَلْبي
اللَّذَةُ التي تَمْنحُهَا، حُلْوَةٌ كالعَسَلِ..
يا أسَدي، أَيُّهَا الغَالي عَلَى قَلْبي
اللَّذَةُ التي تَمْنحُهَا، حُلْوَةٌ كالعَسَلِ.."

/2

"أنتَ فَتَنْتَني..
ها أنذا أَرْتَجِفُ كُلِّي أَمَامَكَ..
رَغْبَتي، يا حبيبي، أن تَحْمِلَني إلى غُرْفَتِكَ..
أنت فَتَنْتَني:
ها أنذا أَرْتَجِفُ كُلِّي أَمَامَكَ..

رغبتي، يا حبيبي، أن تَحْمِلَني إلى غُرْفَتِك..
دَعْني، أيُّها الحَبيبُ، أمنحْكَ مُلاطَفاتي..
دَعْني أمْنَحكَ مُلامَسَاتي..
يـا ذا الـحـلاوة، يـا حـبـيـبـي، أريْـدُ أنْ أنـغَـمِـرَ بعَسَلِكَ.. "

/3

".. أنا أعْرِفُ، كَيْفَ أبْهجُ لَكَ رُوْحَكَ:
بِتْ عندي، يا حبيبي، حَتَّى مَطْلِعِ الفَجْر..!
هذا جسَدي يَشْتَاقُ إلى مَاءِ قَلْبِكَ:
بِتْ عندي، يا حبيبي، حَتَّى مَطْلِعِ الفَجْر..!"

فحْمٌ عاطِل

متعب:

.. مظلمة وموحشة، ضيقة وخانقة..

.. لكنني لست وحدي أنا وظلي اثنان إنما لا يتحدثان. يجلسان متقاربين كلما سنح للضوء أن يكتسح عبر هذه الأصابع الحديدية تلك الزاوية البعيدة التي لا أختار الجلوس فيها أمام الباب مثلما تذكر يا عبد الرحمن، فإبراهيم كان يسخر من اختياري تلك الزاوية البعيدة في مجلس بيتهم أو غرفة الفصل بعيداً جداً أو الاستراحة قريباً جداً..

.. لقد تخلَّصتْ مني النظارة، ربما لم أعد أمضي بها إلى حاجة، المسافات نأت لبصري تبقى المسافات التي أجهدت عقلي هي قصيّة جداً..

.. لا أظن أنني سأتساءل لِمَ أنا هنا..

.. ربما كانت تبحث عني هذه اللحظة..

.. كل شيء قليل ومقتَّرٌ. الكلام قليل ومتكرِّر. الأكل والنوم كذلك. إنما الصمت لا ينتهي صرت أصغي إليه، فهو يطول منذ ألفت كل شيء كالعبارات التي تتسرَّب من ثقبين

في الباب العُلوي والشريط الأدنى ما قبل أرضية المكان. كل شيء مُجَدْوَل، فالمواعيد تحل بدون جرس كالمدرسة ولا كحرس الاستراحة تأمرهم لا أمرهم عليك.

.. هنا أستعيد الأشياء والعناصر. هنا أستعيد الوجوه والضجيج الذي بدا عالياً في داخلي يعلو كثيراً بالطنين والأزيز..، فأنسى لهجة الصراخ ونكهته..

.. الأشياء كلها تستغيث بي..

.. تنهار علامات العناصر بين محجري وجهي. تتبدى الوجوه بذاتها.

.. تلك الوجوه التي أتعرَّف إليها من جديد، لكنها لا تغفر لي. ربما لا أغفر لها. فالغفران ورقة بيضاء ألوانها بأمر أصابعنا. ربما الأصابع ذاتها لا تخرجني من هذا البرزخ الذي يعزلني عن كوني أنا، فتُعاد جدولة الاختيار بعيداً عن تشويش الرغبات العمياء في غضتها، والوساوس اللجوجة في دأبها بين دمائي وأنفاسي تقتلعني..

.. كأنما الكسر هو حالة الوعي.

.. الزجاج الآخر انكسر فيَّ لأرى ما لا رأيت.

.. أبو ريم المسكين هزئنا به أنا وعبد الله، فكنت مغفلاً مع الثاني. أغريناه ببنات الليل وسهرة في الاستراحة لينجي، بوساطته، الشاحنة السوداء من الحدود، فلم يرفض لكنني لم أنج أنا وعبد الله.

.. انتظر طويلاً تلك الليلة، لم يأت أحد. جعلنا الخدر ينقض بدخانه ولفافته كان يتنفَّسه بملء صدر كان معبوءاً بأمر عن عصابة تتلغَّم بالمنشآت السكنية التي لا تبعد سوى أميال عنا.

.. ربما أذكر أنني وجدت اللحظة مؤاتية عندما جاء ماجد، ولا أعرف كيف اقتنع بالمجيء بعد إصراري، وطمأنتي بأن عبد الرحمن يعلم بذلك وسيأتي، وهو لا يعلم أصلاً..

.. هل صدَّق أمر اهتمامي لينفِّس عن جو التوتر في الامتحانات؟. هل صدَّق أمر قرب استراحة سيكون فيها عبد الرحمن؟.

.. ربما كان عبد الله أنجز المهمة كلها. لم تفد محاولتي بجرّ ماجد من عبد الرحمن عندما كنت أجبرته لأن يرقِّم البنات في الشارع لأنهن سيقبلن منه، فهو وسيم ويعرف كل شيء. لم ألحظ إحراجه، ولا اندهاشه من أنني أقول سيفرح عبد الرحمن، فهو يعدها منتهى المرجلة..، لكن علامة لا أفهمها كانت تُرسم على حاجبيه لا أفهمها..

.. كان عبد الله بعيون تبرق مثلما تبرق عيني لبنت، كانت عيناه تبرقان لماجد. كلما استدارت ونعست عيناه باحمرار كانت تأخذه اللحظة إليه. كنت لا أدرك تلك الغاية ومداها.

.. غشي أبا ريم ما غشيه من خدر لم يتمالك نفسه سقط قبل سيجارته وجوّاله الذي كنت ألمحه يضيء نابضاً ليشد عيني قبل أن تخترقنا حالة الكسر زجاج أم رصاص لا أعرف.

.. كل شيء تحرَّك وهاج..

.. ركلات من وجوه وضجيج. اكتظت الأشياء والعناصر. عبد الله تتحرَّك فيه علامات حمراء وهو شاخص إنما بريقه أقل صار البريق على أكتاف أشخاص امتلأ المكان بهم.

.. كان البريق ساطعاً يحمل أجفان أبي ريم مطمئناً وحده.

.. فجأة، كل شيء تبدَّد وبقيتُ أنا.

.. لو كان السوداني حياً لما كنت هنا.

.. اللعنة على من دخل فجأة، وقلب كل شيء دمر اللعبة علي!

.. لو كان حياً لقال ما حدث لم يكن المسدس بيدي..

.. كيف دخل ذلك اللعين ملثماً؟..

.. قافزاً من السور الآخر، وأنهى بمسدسه السوداني. ربما قاومه، ولعله توهم قبلها أن الاستراحة خالية على عروشها بعد أن رأى عبد الرحمن و"ناصر" قد خرجا يحملان "ماجد"!

.. خدعوه، ودفعنا الثمن. ربما دفعت الثمن ألف مرة.

.. يا لحماقتي وغبائي..

.. لأكثر من أسابيع لاحق الأمن الملثم اللعين، وهو يتنقل بين استراحة وأخرى يرهب الحراس ويذلهـم من مؤخراتهم، فيصمتون..

.. لم ينكشف إلا ذلك اليوم. لقد كان عبد الرحمن من أهل الحقيقة.

.. الحقيقة أنقذته وصاحبيه.

.. الحقيقة تركتني كالكلب الأعور حزيناً لا تشفق علي الأحذية المقطعة والمهترئة المنهالة على وجهي وصدري وبطني..

.. فلو قبضوا على ذلك الملثم لتغيرت الحال.

.. ولو هـربت لأعتذر لعبد الرحمن لربـما أنقذتني الصدفة..

.. لأشبع بهذه الـ (لو)، فلا حرف واحد يفيدني..

.. كل الأوراق في اللعبة تخرج بهذه الـ(لو)، ما ألعنها!

.. أنا أحقر منها!

.. ظلي أشرف مني..

.. ربما لم يكن ظلي يصادقني، فهو لا يتحدَّث معي، ويغيب طويلاً صرت ألحظ ذلك الآن. كل شيء بعيد يتأخر ضميري في قبول ندمي أو إعلانه. لا أعرف سبباً يمنعني

مثلما هناك آخر يبقيني. كل الأشياء تنفصل ربما تعود إلى حالاتها الأولى. النظارة هناك في زاوية ساكنة تتوسَّد طاقيتي..

.. ربما تجد حريتها هناك حتى إن لم تكن خارجة من هذه الغرفة الموحشة، أنا وحدي الذي أعرف مخرجاً واحداً لهذه الغرفة المظلمة، لكن الأمر ليس بيدي، فهي تعرف طريقة للخروج من هذه الضِّيقة، ما لا تريد إخباري به إن اللحظة خانقة، وهذه النظارة تخبئ عني أمراً تتآمر به مع شعيرات وجهي الخارجة عن طاعة الموسى.

.. إنها حقيرة مثل الآخرين..

.. الرأس ثقيل، ولا رصاصة تريح!

-6-

عبد الرحمن:

.. جاء إلى التمارين حيَّيته كما الآخرين، وبعد أن بدأنا نهض في أوسطها وخرج من الصالة. فقدت الأمل أجْمَعَه في أنَّ ماجداً سيعودكما أعرفه بل كأنه يعاقبني لأمْسَح ذاكرتي معه كأنَّ عودة ذاكرته مرهون بفقْدِ ذاكرتي أنا..

.. لحقت لأعرف، أين سيذهب؟..

.. هجسْتُ، علَّ أحد صحْبِه يراه لرُبَّما كان آخر من رأى، فيتيح له أن يذكر، لكنه راح لآلات الحديد ليرفع الأثقال.. أثقالَ هواجسي، فعُدْت إلى المتدرِّبين..

.. لم أعِ ماءَ وجْهِه حين اخْتلَط عليَّ لونه.

.. ارتطمَتْ حدائد في الصالة التي بجانبنا، واعتقدنا أن متدرِّبين جدداً يعبثون بأحجامٍ غير متناسبة، وسمعنا جلبة بعدها لم نلْقِها بالاً، لكن صوتاً يصرخ منتحباً، ويتلوَّن بالوجع..

: "آآآآه... تعاااال.." ..

.. تخطَّيت المتدرِّبين بحافز أوهنه الخاطر الواهِم، وخرجت إلى الصالة الثانية، فوجدته مطَّرحاً على مرتبة آلة حديد يضع يده على جبينه، ويناديني خفت عليه، وأمَلْته رافعاً

إياه بذراعي، وسألته إن كان يستطيع السير أو أن أحمله..؟، فالمتدربون عادوا إلى تمارينهم وضجيجهم، عرضْتُ عليه إن كان لا يستطيع التحرُّك أن آتي له بالسيارة..، فمَانعَ طالباً أن نمشي معاً أسندته وأحطته بذراعيّ، فأحنى رأسه على كتفي هامساً كما حفيف الشجر الذي يحوط بشارعنا:

"خلودي، ليش مخلِّيني أجي معك للتمرين والا مو عاجبك جسمي..؟!"

.. وقفْتُ ورفعت ذقنه لأتملَّى وجهه مستغرباً (من يكون خالد؟!). عاجلني بقُبْلَة على شفتي، وحملْتُه كتلة على كتفي لأمازحه مثلما يحمله قلبي بطَاقَةِ مشاعري التي فهمَتْه..

.. قال: "خالد.. اعقل..".

.. أفهمته أن اسمي عبد الرحمن، وأومأ إلي كما لو أنه يعرف، ولكنّ في عينيه إصراراً أن خالداً هو اسمي..

.. ماذا حدث..؟ هل استعاد بعض الشريط بنفسه؟.

.. سيارة الإسعاف تملأ الشارع الكبير..، والزجاج المكسور الذي جذب وجوهاً تحتقن فيها الصدمة مثلما تختنق عين بمائها، ومن عرف أو قد عرف حقاً ما حدث..

.. سيدرك الوجوه التي جاءت إليه، وهو ملتف بكتل الشاش والضمادات؟

.. سيذكر من انهار في ممر الطوارئ وأجنحة التنويم؟

.. عبوات الدم المأخوذة من سواعد لا لا يعرف الواحد

الآخر، هل أنعشته؟

.. هل استعاد بعض ذاكرته؟ ..

.. لا أدري ..

-7-

.. جلبة أصوات غريبة..

.. في الحوش، بيت الشعر، وحنان تلبس ثوبَ صوف وعليه فروة، وشماغاً أخضر، وعقالاً ثخيناً، وبعينين حَوْلاوَيْن ومَكْحُولتين تمسك ربابة بوتر واحد، وتدعكها بقوس خشبي..

.. كأنما تغني الدلة..

.. الدلة تبدي انسجاماً، والمساند بألوانها بين الأسود والأحمر. علامات مكان آخر ليس للمدينة.

.. وماعز مربوطة بلحية بيضاء قصيرة هب إليها ماجد ليقبض عليها، ويأخذ شماغاً أزرق يتناوله من حجرها، ويضعه حول عنقه، ويرفع خيزرانة يردد على مسحوب حنان وقافيتها:

"يا قيس، قل لأمك، عسى ما تقومي
حيثك صغير وتفهم العلم يا قيس
يا قيس، قل: في القلب زادت وسومي
والموت أفضل من حياة الأباليس
ليس اليمام، من الكلام، محرومي
بل البشر يحرم من الحكي يا قيس
..

..

كم واحد تراه يحكم ويومي

لكن مثله لا يساوي ذنب تيس"

.. تقطع حك وترها، وتشير بالقوس إلى الماعز التي في حجر ماجد، وأنا أقعيت ضحكاً أرقب هذا المشهد الفلكلوري الصحراوي الذي توهمت أنني دفعت مبلغاً كبيراً لقاء تذكرة حضور هذا العرض الإجباري المثير بؤساً وعبثاً..

.. وتزعق حنان ويردد وراءها ماجد:

"يا هيش.. شبّت النار يا مقبل"

.. يجاوبها ماجد. كأنما يعي أن اسمه مقبل، واستأنفت منشدة، وهي تهيم بالنظر إلى الماعز الملتحية، وتشير إلى ضرعها، فأحضر ماجد أو مقبل كما أسمته طاسة ليحلب ضرعاً ضامراً، وعادت إلى مسحوبها:

"يا قيس قل لأمك مِتتْ قبل يومي

لا لي حياة مع جموع متاييس

مالوم أنا أشباه الرجال إن لومي

على النساء اللي تلد ذا الخنافيس"

.. نهضت بعد فرقعة ركبي من الإقعاء متحمداً الله على النعمة والعقل مقبِّلاً ظهر سبابتي ورفيقتها رافعاً إياهما إلى جبيني لقبول سماوي محتمل..

.. وما إن قبضت عروة باب الصالة حتى انفتح فجأة

لألقى لمياء وإبراهيم بوجهي وهما لابسان أردية وسراويل من الخيش، فيمد بندقية، وهي ترفع جرة، وتسقط منها لتضرب على صدرها، وتصرخ:

"يا طر جيبي طراه!"

..

..

..

-8-

.. أتنفَّس بدفع زفيري دفعاً، وتطيف بي الكثير من
الأحداث..

.. أتذكر ما تبقى من أهلي.

.. حنان..

.. لمياء وإبراهيم..

.. صالح أبوي..

.. ماجد..

.. وأفكر في ما يقبع تحت أجفاني لِمَ لا أراهم مثلما
أرى نفسي في المرآة؟.

.. وضعت السماعة وشبكتها على الكرسي لأهرب من
أزيز الطائرة أثناء الإقلاع، وأنا عائد إلى مدينة الغبار
العاري، فهل ظلوا على ما هم عليه، وهل أعرف ما هم
عليه؟..

.. أسئلة تضج مثل كؤوس زجاج مصفوفة، ويطرقها
طفل بمهارة الخشية من كسر أحدها بضربة تقوى على
الأخرى..

.. المقعد المجانب لي فارغ لا أحد.

.. يجلس اللاب توب بديلاً عن أحد.

.. أفتحه في تحليق الطائرة مقلِّباً بعض الملفات الصوتية

269

وأشحنها إلى الآي بود، وأنظر إلى كليب سايمون ريكس الذي لم يختف من الجهاز برغم أن الفورمات تغيرت أكثر من مرة..

.. بين خمس أغنيات يعود نشيد بول وسارة برايتمان.. كثرت التسجيلات التي جمعتها بين تسجيل استوديو وحفلات، فلا تستطيع أن تفرق، فالجودة أعلى من توقعات الفارق الممكن بين صوت لآلة يتأخر أو كحة من الحضور أو تصفيق مسبق..

.. يغنّي بول كالطيف. يطلق الصوت في أذني، ويقوى في جوف الأذن ليمنع الأزيز من الدخول وتمزيق لحظة التركيز.

"تحب تشرب عصير أو قهوة؟".

.. يسألني الملاح ذو الملامح البدوية شعره أسود وكثيف يغطي سكسوكته، فأشكره بعد أن أؤكد طلب عصير الأناناس، فيذهب بجدية في مشية غير متوازنة، فأتطلع إلى زوايا عضلات ظهره، وتسقط عيني على خيط يتوسط بنطلونه يؤكد لبسه لسروال طويل تحت البنطال، فتغيب ملامح الجسد، ولا يجعله جسداً مرناً مع الفضاء..

.. لم أصدق أن تكون أمامي العنود مع طفليها، وقد تبسمت ثم أقبلت علي في كوستا كوفي، وفرطت ضحكة عندما قالت: "فرقتنا الثمامة وجمعتنا دبي!".

270

.. طفلاها الصغيران طالعاني باهتمام حتى لظننت أنها روت كل شيء، ولم يكن بيننا سوى القليل. فثَمَّة ما لا سمح، وربما لم تقتنع العنود بأسبابي. ولكن لا يعني لي ذلك.

.. أعود إلى صوت بول بعد أن مرت أغنية مايا نصري اللاتينية..

.. أختلس الجوّال الذي فتحته لأرى ما إذا كانت رسالة في طريقها تنتظر أن تأخذ مكانها في وجه الجوّال، وأطالع قليلاً، وما كدت أقفله حتى باغتتني رسالة:

"متى توصل؟ أنا جايك للمطار..

مشتاق لي والا يا بو الشباب"

.. ابتسمت في نفسي، فابتسم الملاح وهو يمط العصير، ويهمس بإطفاء اللاب توب من باب الاحتياط لأمن وسلامة الطائرة.

..

.. أتصفح الرواية التي ابتعتها من مكتبة بمطار دبي "شرق المتوسط" لعبد الرحمن منيف، فتذكرت د. محمد الذي كان يحدثني عنها ويقول إنها تشبه بعضاً من حياته، فطافت بي حكاياته أيام شبابه وحضر وجهه ممتلئاً ممسكاً سيجاره كما لو كانت إصبعاً خامساً وهو يلقي بأنفاس محتقنة:

"لقد أسمعت لو ناديت حياً
ولكن لا حياة لمن تنادي..
ولو نار نفخت بها أضاءت..
.."

.. تكاد توقفه تلك الكحات المختلطة بالضحك كما يبدو عندما يحني رقبته وينظر بعيداً..

.. تنبهت إلى صوت الملّاح يذكرنا بربط الأحزمة استعداداً لاقتراب الهبوط، وظهرت شارة منع التدخين رغم أنه ممنوع في الطائرة..

.. سحبت من العربة جريدة الاتحاد دون اختيار فقد كانت بارزة، وأتصفحها سريعاً فوقعت على وجه متعب بذقن تحوط فكيه مهذبة قليلاً وداخلها بعض الشيب. وعنوان مقاله يشابهه غرابة وقدامة:

"ليبرالية أبي هريرة تقول".

..

..

..

.. جمرة في يدي، ولا تحرقها، وقطرات ماء تسيل بين أصابعي ولا يتبلل ثوبي..

.. ما من حرارة، ولكنها تنثر رمادها..

.. أحتضنها إلى قلبي، وتضيء عروقي..

.. إنها المشاعر التي لا تنفد أبداً..

.. جمرة توقد دماء خلاصنا في الحياة مَشْياً صوْبَ ما تُؤمِن به جَمْرَة المَقام حين تتذرَّى في حروفها بين الثبات أو حدَّة الوجع إذا ابتلَّ بالوحي.

.. إذن، لتصحي، أيتها الجمرة، لم تقلب الأرض وما من امرأة اشترت ملحها بلفتة.

.. إنها كذبة الزائرين أوان ما استحت الآلهة أن تفضي بشبق أزلي نفته السنون حتى إن أغمضت جمرة يوماً ملأت أنفاسها لتصحو حال الزمان الدائم ولْتُزِحْ نسيان الماء عمرانه بين الرحم والأرض. بين أعمدة باخوس ورمّانة يوحنا.

.. إنها الجَمْرة التي لا تنطفئ بل تختبئ في بحْر الرَّماد منتظرة يدَ مُنْتشلِها لتُوْقِدَ فحْمَ الجسد بإرادة قلْبِ واستطاعة عَقْل..

.. يحضر وجه بول بابتسامة الملائكة يحمل ضوءاً مشعاً وهادراً من بين يديه الممدودتين إلى الأعالي تتلألأ الجمرة، وتنداح ترتيلة بصدى أقوى مما كان..

.. الجمرة تغنّي..

.. تستعيد صور القدح والماء، وتنادي صورة اللهب والشرارة تلو الأخرى..

.. قصيدة ينثرها بول فوق رؤوسنا لتصل قلوبنا، وهو يعرف قلوباً أخرى.

.. الوجوه الجميلة مرايانا..

.. النار توقد الحكاية وتوقد ألسنتها، وتلتمع في الوجدان آلاف الحكايات، فلكل حكاية، ولكل جمرة أيضاً، وهذه جمرتنا.

.. تلك الجمرة التي تسوقُ لهَب ذاكرتِها حاملةً في مُضيِّها جوهر المستقبل واقتراح الحاضر لتخلِّف للماضي رماداً تذروه أفئدة الرياح وحدها..

..

..

.. لمحت ذلك الملّاح ذا الوجه البرّي مثل أرنب يربّت بطرف إصبعه، ويغمرني بعينين مولعتين:

"الحمد الله على السلامة"

.. عركّتُ عينيَّ لأرى جيداً فيظهر ماجد بجانبي في السيارة، وهو يحكي عن فكرة القهوة الباردة، وكيف يهرس الثلج مع نكهات عدة.

.. أعود لأركّز النظر إلى وجهه، وإذا رمشت عيني مطبقة جفني يتراءى لي وجه الملّاح.

.. هل كان وجه الملّاح أو وجه ذلك الشاب الذي استقبلني في الفندق، وسلمني جدول أعمال المؤتمر. ربما وجه سكرتيري في الكليّة، وهو يمد لي ورقة عمل الاجتماع..

.. أخفض صوت المسجِّل، فاقترب صوت ماجد،
وأظن أن صداع الطائرة يعتمر جمجمتي..

..

..

.. أغمض العينين فيلفظ صوت المذيع الكويتي ذو
الصوت الجهير نذيراً بأن موجة غبار كثيفة وشديدة سوف
تندفع من صحارى إيران على الإمارات العربية المتحدة
وسلطنة عُمان، ومن جنوب شرقي العراق نحو الكويت
وسواحل الخليج العربي.
.. مددت يدي إلى شنطة اللاب توب فلقفت جريدة
احتفظت بها من الطائرة على صفحتها الأولى:
"شيخ معمَّم ينتقد الدستور ويطالب بالعلمانية!
.. لم تصل دعوة السيد إياد جمال الدين إلى وسائل
الإعلام والفضائيات إلا في مؤتمر الناصرية الذي عقدته
المعارضة العراقية يوم أمس بعد دخول قوات التحالف
للعراق، ووضح رأيه بهذا المؤتمر: دفاعاً عن الدين أنادي
بالعلمانية، فالقرآن الكريم مختطف بيد الدولة الإسلامية لأن
الدولة التي تقوم بالتفسير والإسلام مختطف بيد الدولة منذ
زمن معاوية حتى صدّام.. ".
.. تنسل يد ماجد إلى رقبتي فأشيح عن صفحة الجريدة.
طويتها لأسند رأسي إلى الكرسي، وتمليت به فأطبقت جفني

275

ورحت أذكر شرحه لي أن حبوب البن تتوالد من ذات النوع كذلك الأعشاب، فالحبوب في أصلها أعشاب.

.. أفتح عيني. فأشعر أن جمرة تتنقل بجسدي تركض في العروق. أتلمس يد ماجد، فأشعر بها في صدغي.

.. الجمر جسدي..

.. الجمرة جسد ماجد..

.. والغبار ناس وأيامهم.

.. والأيادي شهوات راكضة. هذه المدينة تدري وتدعي أنها جاهلة بنية الجمر.

.. المدينة مالها؟. الأعضاء والنوايا. الشفاه والهواء والغبار. إلى أين؟. لا تسأل بل تأمل!.

.. قناديل وعتمات تحت الشجر. أشجار مزروعة على الإسفلت. رجل تحت الإسفلت. امرأة تحته أيضاً.

.. نساء ورجال فوق الإسفلت ولكن بلا نوايا.

.. أدرت الموجة بعد ذبذبات كأنها صوت الغبار القادم. حولت الموجة إلى FM التي زخرت بالأصوات والإيقاعات باغتنا صوتها من بعيد.

.. "يا عبير الورد وعنوان المحبة

إنت أهلي وأنا أشوف الدنيا فيك..

إنت ما تدري.. "

.. نبشت المشاعر الأولى، والحكايات الأولى..

276

.. صور بعيدة لم يبق منها سوى قلب لطيفة الذي يأتي ولا يذهب. سأخبرها عما أخفيته. ربما تقدِّر أكثر من غيرها. فالأموات يقدرون الحياة أكثر من سواهم.

.. وردة إليها. وردة تشمها. وردة تسمعها. وأنا وردة عمرها-كما تقول-، وكل ما عدا ذلك لا يكون..

.. التفت إلي ماجد، وهو يطوي سلك سمّاعة الجوّال:

"تبي كابتشينو؟"

إحالات

* دفتر نصوص أغنيات وردة، إعداد: أحمد الواصل.

1- معجزة: عبد الوهاب محمد- بليغ حمدي، صوت لبنان- 5/ 9/ 1977.

2- وماله؟: محمد حمزة- بليغ حمدي، صوت الحب- 21/ 2/ 1975.

3- لازم نفترق: حسين السيد- محمد الموجي، موريفون- 1980 (فيلم: قضية حب).

4- بودَّعك: منصور الشادي- بليغ حمدي، عالم الفن- 1991.

5- خليك معايا: بهاء صلاح جاهين- صلاح الشرنوبي، عالم الفن- 1994(فيلم: ليه يا دنيا؟).

6- قلبي سعيد: عبد الوهاب محمد- سيد مكاوي، موريفون- 1981.

7- بتونِّس بيك: عمر بطيشة- صلاح الشرنوبي، عالم الفن- 1992.

8- حرَّمْت أحبَّكْ: عمر بطيشة- صلاح الشرنوبي، عالم الفن- 1993.

9- لو سألوك: عبد الرحيم منصور- بليغ حمدي، صوت الفن- 29/ 9/ 1973.

10- طب وأنا مالي: محمد حمزة- بليغ حمدي، صوت الحب- 25/ 11/ 1974(فيلم: صوت الحب).

11- أ هي جت كدا!: بخيت بيُّومي- حلمي أمين، موريفون/ لارين- 1987.

12- قبل النهاردا: عبد الرحمن الأبنودي- عمار الشريعي، المتحدة- 1987.

13- الدار المهجور: عبد الرحيم منصور- بليغ حمدي، صوت الحب- 20/ 4/ 1975(أوبريت: تمر حنة).

- لقاء وردة: أنا سجينة بأمر الأطباء، مصطفى عبد العال، سيدتي/ 742، 27 /5 -2 /6 /1995.

- المجموعة الصوفية الكاملة، قاسم محمد عباس، دار المدى- 2004.

- الآثار الشعرية، آرثور رامبو، ترجمة: كاظم جهاد، منشورات الجمل- آفاق للنشر والتوزيع- 2007.

- النجوم الزاهرة في ملوك مصر والقاهرة، ابن تغري بردي، دار الكتب العلمية- 1992.

- سيجيء الموت وستكون له عيناك، جمانة حداد، دار العلوم العربية- ناشرون- 2007.
- شاعرات من البادية، عبد الله بن رداس، ط3، 2003.
- كتيبات ستار بكس:
* عالم القهوة- 2000.
* مشروبات الإسبرسو- 2000.
* الحكمة في إعداد القهوة- 2000.
- منطلق تاريخ لبنان 634- 1616، كمال الصليبي، ط: 2، نوفل- 1992.
- بيان: لمناهضة العدوان على العراق(صادر عن مواطنين سعوديين)، 12 محرم1424/ 15 مارس 2003.
- جولة في أقاليم اللغة والأسطورة، علي الشوك، دار المدى- 1999، ط: 2.
- الكتاب المقدَّس/كتاب الحياة، 1995، ط: 6.
- الكافي/معجم عربي حديث، محمد الباشا، شركة المطبوعات للتوزيع والنشر- 1992.
- أهل الهوى، هدى بركات، دار النهار- 2002، ط: 2.
- ديوان الأساطير: سومر وأكاد وآشور، الكتاب الأول: أناشيد الحب السومرية، نقله إلى العربية وعلّق عليه:

قاسم الشوّاف، قدَّم له وأشرف عليه: أدونيس، دار
الساقي- 1996.
- إنجيل بابل، خزعل الماجدي، منشورات الأهلية-
1998.

للتواصل

في الشعر:

- جموع أقنعة لبوابة منفى العاشق، دار الكنوز الأدبية- 2002.

- هشيم: جنازة لمارد تائه، دار النهار- 2003.

- مهلة الفزع: سلوى لغير هذا الليل النجدي، مؤسسة الانتشار العربي- 2005.

- تمائم: فصول النبع أو صريخ الفاكهة، مؤسسة الانتشار العربي- 2007.

- أهوال الصحو، دار الغاوون- 2009

في الرواية:

- سورة الرياض، دار الفارابي- 2007.

في النقد:

- الصوت والمعنى: مطالعات في شؤون غنائية، دار الفارابي- 2003.

- سحّارة الخليج: مقدمة ودراسات في شؤون غنائية، دار الفارابي- 2006.
- رواد الغناء في الجزيرة العربية: من الشفوية إلى التسجيل، كتيب المجلة العربية- 2009.
- الرماد والموسيقى: مطالعات في ذاكرة غنائية عربية، دار الفارابي- 2008.
- تُغنّي الأرض: أرشيف النهضة وذاكرة الحداثة، النادي الأدبي بحائل بالاشتراك مع الانتشار العربي- 2010.
- ما وراء الوجه: سياسات الكتابة وثقافات المقاومة، الدار العربية للعلوم، 2010.

ahmadalwasel@gmail.com

ص.ب: 7024 الرياض: 11462

السعودية

وردة وكابتشينو

285

المحتويات

شرارة 9

أوَّل الباب: جَمْرة الفَيْض 11

قدح أزلي 15

ثاني الباب: جَمْرة النبأ 43

ثالث الباب: جمْرَة الأنفاس 99

رابع الباب: جمْرَةُ العَفْق 165

خامس الباب: جمْرَةُ المَقام 207

جسد أعمى 240

فحْمٌ عاطِل 257

إحالات 279

للتواصل 283

Printed in the United States
By Bookmasters